Autoren: Dr. Elke Heinicke (Dozentin) Massimiliano Attianese, Stephan
Bleisch, Sabrina Dieckmann, Midet Diken, Ulrike Herrchen, Mulu Kidane,
Petra Köth, Christiane Kretschmann, Thomas Leiter, Angela Lenz, Jeanette
Rehberger, Angelika Rondinone, Natascha Schmidt, Julia Schön, Gudrun
Sessinghaus, Silvia Spilger, Felix Vogt, Irina Vysokov,
18 Schüler der Altenpflege im zweiten Ausbildungsjahr in der F&U Schule
in Heidelberg, Mittermaierstraße Kurs 2/06 berufsbegleitend.
Wenn wir nicht gerade in der Schule sitzen, wie es zweimal die Woche
abends der Fall ist, findet man uns in verschiedenen Alten und
Pflegeheimen oder in einem ambulanten Pflegedienst in einem Umkreis von
110 km bei der praktischen Arbeit.

Zweimal in der Wochen finden wir uns meistens alle, in der F+U Schule
zum theoretischen Unterricht. Wir erreichen die Schule mit dem Bus, Zug,
S-Bahnen oder dem eigenen Auto.
Da nicht mehr viele Leute lesen, haben wir uns entschieden, selbst ein Buch
zu schreiben. Das hat aber auch damit zu tun um uns vor weiteren Referaten
zu drücken. (Wir wollen ja ehrlich, zu Ihnen als Leser bleiben). Bei 18
Leuten kommen auch sehr viele Ideen zusammen. Dieses Buch sollte ein
anderes sein, als das, was viele so lesen.

Hier handelt es sich um echte Orte, jedoch um frei erfundene Personen und
Handlungen. Wir wissen nicht, ob Sie sich vorstellen können wie es hier in
unserem Klassenzimmer rund ging, wenn einzelne Gruppen ein Kapitel
unabhängig von den anderen schreiben. Wir fühlten uns wie in einem
Verlag, Chaos PUR.

Am Ende haben wir es dann doch geschafft, mit Hilfe unserer Dozentin, die
uns jederzeit mit Rat zur Seite stand, ein Buch mit einem Zusammenhang
zu schreiben und wünschen viel Spaß beim Lesen.

AF211215

Herstellung und Verlag:
Books on Demand GmbH, Norderstedt
ISBN: 978-3-8370-5497-2

1.Tag

1

Vor zwei Tagen wurde Theo Müller auf dem Polizeirevier 15/50 als vermisst gemeldet. Der Anruf kam weder von einer genervten Ehefrau, noch von besorgten Eltern, wie das meist der Fall war in solchen Angelegenheiten. Dieses Mal war der Anruf von Frau Lackschuh gekommen, der Schulleiterin einer F + U-Einrichtung.

Hauptkommissarin Petra Denzig übernahm die Ermittlungen im Fall Müller. Die nächsten Tage würde sie wohl mit Recherche verbringen müssen. Sie zog ihr Notizbuch aus der Schreibtischschublade und vermerkte: Müller, Theo, Dozent bei F+U.

Zwar war ihr dieser Bildungsanbieter dem Namen nach gut vertraut, denn überall in der Stadt stieß man auf Schulgebäude mit diesem Logo, keine Regionalzeitung erschien ohne F+U-Anzeigen und selbst in Bussen hingen die Werbeposter. Petra schaute zur Sicherheit noch auf die Website der Schule und erfuhr, dass es sich hier immerhin um einen der größten privaten Bildungsträger Deutschlands handelte. Ausgesprochen allgemeinbildend diese Recherche, aber Petra bezweifelte, dass sie das auch nur einen Schritt weiterbringen würde.

Die Schule hatte keinerlei Anhaltspunkte geben können. Zwar duzten sich Schulleitung und Dozenten, aber das gute Verhältnis schien lediglich oberflächlich zu sein. Zu persönlicheren Daten ihres Dozenten hatte die Schulleitung passen müssen. Nur war der eben seit drei Tagen nicht zum Unterricht erschienen, reagierte nicht auf Anrufe und war doch seit Jahren immer gewissenhaft gewesen. Man war beunruhigt.

Wenigstens die Adresse von Herrn Müller konnte Petra schon mal in ihr Notizbuch eintragen: Blumenstraße 3. Gar nicht weit. Gleich hier in der Weststadt. Er konnte also bequem zu Fuß zum Unterricht gehen.

Vielleicht würde sich ja jemand auf den Suchruf im Radio melden oder ein kurzer Besuch in der Weststadt und ein Gespräch mit den Nachbarn könnte alles aufklären. Petra hoffte das zumindest, denn dann würde ihr der ganze Papierzirkus erspart bleiben. Sie bevorzugte eher unbürokratische Lösungen und hasste staubige Archive wie die Pest. Also würde sie jetzt gleich mal mit Massi, ihrer rechten Hand und dem besten aller Assistenten, zu Theo Müller nach Hause fahren. Zwar könnten sie das Stück auch zu Fuß gehen, aber dem Fitnesswahn war Petra bisher nicht erlegen. Wozu gab es denn Dienstwagen?

Massi freute sich wie immer über die Möglichkeit, Auto zu fahren und vor allem mal wieder Gas geben zu dürfen. Das würde er zweifelsohne selbst in den Dreißigerzonen der Weststadt tun. Doch auch wenn Petra mit Grauen an die Fahrt dachte, weil Massi nicht ganz zu Unrecht den Spitznamen Bleifuß trug, blieb ihr letztendlich nichts anderes übrig, als zu ihm ins Auto zu steigen. Selber schuld. Beim letzten Karneval in Köln hatte sie etwas zu tief ins Glas geschaut, nun war der Führerschein futsch. Ziemlich peinlich für eine Kommissarin, aber eine Fahrt mit Massi war Strafe genug.

Während der Fahrt teilte Petra Massi die Details mit, die sie von der Schulleiterin Frau Lackschuh erfahren hatte. Herr Müller, der schon seit einigen Jahren dort beschäftigt sei, wäre immer zuverlässig und pünktlich gewesen. Es wäre sehr ungewöhnlich, dass er sich nicht zurückmeldete, nicht einmal, als Nachrichten auf seinem Anrufbeantworter und seinem Handy hinterlassen wurden. Die Lehrer hatten privat nicht viel miteinander zu tun. Über das Privatleben von Müller wusste die Schule so gut wie nichts. Nur dass er wohl allein in der Weststadt, Blumenstraße 3, in der dritten Etage leben würde.

Bleifuß hielt mit quietschenden Reifen vor der Tür. Da es in der Weststadt sowieso nie Parkplätze gab, parkte er in zweiter Reihe. Als Polizeibeamter hatte man so seine Vorteile, jedenfalls solange nicht ein strenger Vorgesetzter Wind davon bekam. Petra beendete ihr stilles Gebet, als der Motor verstummte. Sie schwor sich, nie mehr Alkohol anzurühren, sobald ihr Führerschein wieder in ihrer Gesäßtasche stecken würde.

2

Hauptkommissarin Denzig und Assistent Bleifuß standen vor dem Haus, in dem Theo Müller wohnte. Sie klingelten bei der Nachbarin Frau Stroh, denn dies war eine gute Gelegenheit, mehr über Theo Müller zu erfahren. Nachdem sie sich über die Freisprechanlage zu erkennen gegeben hatten, wurde die Tür geöffnet. Massi war nicht besonders gut gelaunt, denn Theo wohnte ganz oben, im letzten Stockwerk und sie mussten die Treppen hoch steigen, weil der Aufzug, wie konnte es auch anders sein, natürlich ausgerechnet heute streiken musste. Dafür besserte sich Treppenstufe für Treppenstufe die Laune von Petra Denzig, denn dies geschah Massi nur recht, gerechte Strafe, nachdem sie unter seinem rasanten Fahrstil hatte leiden müssen.

Im Flur vom letzten Stockwerk begegneten sie der Nachbarin Frau Stroh, Mitte 60, so um die 1,65 m groß und – soviel man auf den Lockenwicklern erkennen konnte – grau melierte Haare, die Figur verhüllt von einem rot-orange geblümten Bademantel. Aus der halb offenen Wohnungstür von Frau Stroh wallte ein schwerer süßer Geruch von Duftkerzen und Räucherstäbchen den Besuchern entgegen, zwei Stockwerke die Treppe hinunter.

Sobald Frau Stroh die beiden Beamten sah, fing sie auf der Stelle an, sich über ihren Nachbarn Theo Müller auszulassen. Er sei ein sehr komischer Mensch; immer sehr kurz angebunden. Wenn man ihn träfe, käme nur ein knappes *Morgen* oder *Tach*, nie ein Wort zu viel. Nicht, dass sie ihn beobachten würde, das habe sie ja nun wirklich nicht nötig, aber man bekomme als Nachbarin ja so einiges mit. Er habe noch nie Besuch gehabt und eine Frau sei erst recht nicht da gewesen. Seit ein paar Tagen habe sie ihn ja nun schon überhaupt nicht mehr gesehen und das sei schon sehr merkwürdig. Besonders, weil seit gestern ein sehr unangenehmer Geruch aus der Wohnung kommen würde, weswegen sie das ganze Räucherwerk anzünden musste. Sonst wäre sie dezenter.

Dieser verbale Platzregen schien kein Ende nehmen zu wollen. Petra und Massi schauten sich an und dachten in diesem Moment das Gleiche. Sie schickten Frau Stroh in ihre Behausung zurück und machten sich daran, die

Tür von Theo Müllers Wohnung zu öffnen. Sie wussten, dass sie eigentlich einen Durchsuchungsbefehl brauchten, aber hier war Gefahr in Verzug, also würde es keinen Ärger geben und der Staatsanwalt würde das durchgehen lassen. Der Gestank war selbst durch die geschlossene Tür gut zu riechen, während Massi sich mit dem Dietrich an der Tür zu schaffen machte.

Petra rümpfte die Nase, heute war wohl nicht ihr Tag. Zuerst diese Autofahrt, dann diese Nachbarin und jetzt dieser Geruch, der das Schlimmste vermuten ließ. Ein tiefer Seufzer riss sie aus ihren Gedanken und zwang sie, sich wieder ihrem Kollegen zuzuwenden, der es mittlerweile geschafft hatte, die Tür zu öffnen. Vorsichtig gingen sie in die Wohnung.

Hier bot sich schon im Flur ein Bild der Verwüstung. Schuhe lagen verstreut auf dem Boden, dazwischen Briefe und Jacken, die wohl von der daneben liegenden Garderobe stammten. Da musste es jemand sehr eilig gehabt haben. Sie arbeiteten sich weiter vor bis ins Schlafzimmer und Wohnzimmer, wo es noch viel schlimmer aussah. Was zum Teufel war hier passiert? Und wo war Theo Müller?

Der Geruch wurde immer schlimmer und beißender, die Gesichtsfarbe von Massi verfärbte sich von zartrosa zu einem hässlichen Grün, was er verzweifelt zu verbergen versuchte. Auch Petra Denzig fragte sich inzwischen, wo dieser Geruch herkommen konnte und sie befürchtete, dass es ihr ganz bald genauso übel ergehen würde wie ihrem Kollegen.

Plötzlich hörte sie ein gurgelndes Geräusch aus der Küche. Auf dem Weg dorthin wurde der Gestank immer unerträglicher. In der Küche angekommen, bot sich ihr ein Bild, das sie so schnell sicher nicht vergessen würde. Massi hatte sich über die Spüle gebeugt und entledigte sich seines Frühstücks. Auf dem Küchentisch lag die Ursache des Übels. Ein wahrscheinlich ehemals eingefrorenes Huhn schwamm in einer nicht mehr definierbaren Pfütze und gab sich langsam dem natürlichen Prozess der Zersetzung hin.

3

Und hier noch eine Suchmeldung:

Seit drei Tagen wird der 35-jährige Theo Müller aus Heidelberg vermisst.

Müller ist ca. 1,80 m groß und von kräftiger Statur, mit ausgeprägt breiten Schultern. Seine Augenfarbe ist blau. Die mittelblonden Haare trägt er kurz geschnitten, vorn in die Stirn fallend. Sein Äußeres ist sehr gepflegt.

Am rechten Ohr trägt er einen kleinen Ohrring. Außerdem wurde an der rechten Schulter eine Schlange eintätowiert.

Theo Müller war mit einem blauen kurzen Hemd und einer schwarzen Hose bekleidet. Außerdem hatte er eine schwarze Aktentasche bei sich.

Zuletzt wurde Herr Müller vor der Eingangstür der Bildungseinrichtung F + U in der Mittermaierstraße in Heidelberg gesehen. Zweckdienliche Hinweise nimmt jede Polizeidienststelle entgegen.

Während Sabrina mit dem Auto zur F + U fuhr, hörte sie im Radio die Vermisstenanzeige. Kein Zweifel, das war doch ihr Dozent Theo Müller. Alles stimmte genau, nur das mit dem Schlangentatoo war ihr neu. Vor Aufregung warf sie ihre Lockenmähne zurück. Gerne hätte sie auf der Stelle angehalten, doch der in Heidelberg nie abreißende Verkehr zwang sie zum Weiterfahren.

Ihre feuchten Hände umklammerten das Lenkrad und ihr Herz pochte bis zum Hals. Also stimmte es doch, dass Jeanette vor nichts zurückschrecken würde? Hatte sie es tatsächlich wahr gemacht?

Nun schaltete auch die letzte Ampel auf Grün und nachdem eine kleine alte Dame endlich die Straßenseite gewechselt hatte, konnte Sabrina auf den Parkplatz des Hauptbahnhofes fahren. Als sie das Parkticket gezogen hatte, lief sie in die Bahnhofshalle und holte sich einen Kaffee-to-go. Verdammt spät schon. Kopflos, nichts sehend, rannte sie über die Straße, aber das laute Klingeln der OEG ließ sie aus ihren Gedanken hochschrecken. Wenn sie nicht aufpasste, käme sie noch unter die Räder. Und damit war ja nun wirklich keinem geholfen. Am wenigsten Theo Müller. Falls der überhaupt Hilfe brauchte.

4

Als Sabrina durch die Tür der Schule trat, stieß sie auf das Schild: *Fahrstuhl defekt*. Na prima, auch das noch. Sie rannte die Treppen hoch in die dritte Etage. Natürlich war sie wieder fünf Minuten zu spät, wie immer. Schnaufend und mit hochrotem Kopf stürzte sie ins Klassenzimmer und stolperte prompt über den Papierkorb, der wie gewöhnlich im Weg stand. Sabrina ließ sich erschöpft auf ihren Platz fallen.

Die Dozentin an der Tafel ließ sich nicht stören, aber wahrscheinlich würde sie in der Pause das Zuspätkommen ins Klassenbuch eintragen. O je, mit den Monaten wurden auch aus Minuten Fehlstunden.

Die anderen schrieben eine Liste mit Anzeichen für einen Schlaganfall von der Tafel ab. Sicher unentbehrliches Grundwissen für zukünftige Altenpfleger und für die nächste Arbeit Gold wert, aber gab es denn heute nichts Aufregenderes? Nicht zu fassen, dass hier alles so lief wie immer. Plötzlich fiel bei Sabrina der Groschen: Die wussten alle noch gar nichts! Schließlich hätte ihre Gruppe erst übermorgen wieder bei Herrn Müller Unterricht. Nun, Sabrina würde den Ahnungslosen nichts erzählen.

Sie sah sich schnell im Klassenzimmer um. Tatsächlich, Jeanette war nicht da. Klar. Hatte sie es sich doch schon denken können. Sie begann hektisch ihr Handy in der Tasche zu suchen. Als sie es endlich zwischen Kalender und einer Bananenschale gefunden hatte, wählte sie schnell die Nummer von Jeanette, aber es meldete sich natürlich nur die Mailbox. Vermutlich hatte die bessere Dinge zu tun als zu telefonieren.

Oder war Jeanette doch zu Hause? Wo konnte sie sonst nur sein? War sie tatsächlich mit Müller unterwegs...? Würde ein Dozent sich tatsächlich mit einer Schülerin einlassen...? Warum ausgerechnet mit Jeanette? Oder fehlten sie nur zufällig beide?

Dem Unterricht folgte Sabrina nur unaufmerksam, da ihre Gedanken ständig um Jeanette und den vermissten Dozenten kreisten. Sie erinnerte an die Stunde mit Theo Müller in der letzten Woche. War der da nicht schrecklich nervös gewesen?

Sie dachte über Jeanette nach, rief sich deren aufdringliche Schwärmerei für Herrn Müller ins Gedächtnis. Die versuchte doch um jeden Preis aufzufallen. An den Tagen, an denen sie bei ihm Unterricht hatten, trug sie immer auffallend kurze Röcke und tief ausgeschnittene Oberteile. Vor jeder Stunde wurden die Lippen nachgeschminkt, nur um für ihn gut auszusehen. In den Pausen schlich sie unauffällig hinter ihm her, nur um zu beobachten, was er in seiner freien Zeit machte. Irgendwas wollte sie von ihm, soviel war Sabrina klar.

Tja, Jeanette war offensichtlich genauso in Müller verknallt wie sie selbst.

Als Sabrina ihre Gedanken notdürftig geordnet hatte, war schon Pause und sie merkte, dass die Hälfte der Schüler inzwischen zum Rauchen verschwunden war. Sie stand langsam von ihrem Stuhl auf und überlegte, wie sie weiter vorgehen könnte, um ihrem Verdacht auf den Grund zu gehen. Sie trat einen Schritt vor und haderte mit sich selbst. Sollte sie ins Sekretariat gehen? Sollte sie sich Müllers Adresse besorgen? Wenn es jetzt nicht schon zu spät war, sollte sie endlich etwas tun. Sie könnte Müller einfach mal zu Hause besuchen und zur Sache kommen. Wenn sie Glück hatte, stand der ja gar nicht auf diese Jeanette. Und warum war er dann jetzt verschwunden? Sabrina war entschlossen, sich Klarheit zu verschaffen. Vielleicht konnte sie einen Moment abpassen, wenn Frau May, die Sekretärin, nicht in ihrem Zimmer war.

Sie entschloss sich, das Unerlaubte zu wagen. Ihre Hände waren feucht und zitterten stark, ihr Herz schlug bis zum Hals und ihr Gesicht bekam knallrote Flecken. Sie klopfte an die Tür vom Sekretariat und hörte dabei nur ihren eigenen Atem. Nichts regte sich, sie drückte die Klinke herunter und öffnete langsam die Tür. Zu ihrem Glück war tatsächlich niemand im Zimmer. So konnte sie sich wohl ein paar Minuten ungestört umschauen.

Ihre Augen blieben an einem Rollschrank mit der Aufschrift *Personalakten* hängen. Vorsichtig, jedes Geräusch vermeidend, schob sie die Tür nach oben, fand sofort den richtigen Ordner und suchte den Namen des Dozenten, dessen Verschwinden sie nicht mehr zur Ruhe kommen ließ. Die vorletzte Akte war es dann endlich, wie konnte es anders sein. Aufgeregt kritzelte sie schnell die Adresse auf einen Schmierzettel.

Plötzlich tippte jemand auf Sabrinas Schulter. Dabei hatte sie die Tür überhaupt nicht gehört. Sie drehte sich erschrocken um und blickte in das zu einem Fragezeichen verzogene Gesicht von Katharina.

Ausgerechnet die mit ihrer blonden Wallemähne, dachte Sabrina.

„Was machst Du denn hier?",

war die einzige Frage, die Katharina einfiel.

Sabrina war immer noch zu geschockt und konnte nichts erwidern. Schnell versuchte sie den Zettel zu verstecken, aber zu spät, denn Katharina hatte ihn schon entdeckt und konnte sogar Müllers Anschrift entziffern.

Was wollte Katharina denn hier im Sekretariat? Hatte die also auch die Meldung im Radio gehört? War Müller etwa auch Katharinas heimlicher Schwarm? Falls die auch eine glühende Verehrerin von Theo Müller sein sollte, würde die Konkurrenz für Sabrina schwer werden. Katharina sah einfach umwerfend aus. Was hatte deren Neugier geweckt? Und was würde sie jetzt von Sabrina denken?

Katharina hatte im Sekretariat längst gesehen, was sie wollte. Ihr Gedächtnis war auch gut genug, um eine Straße samt Hausnummer zu behalten. Sie brauchte keinen Merkzettel wie Sabrina. Aber die stellte auch auf eigene Faust Nachforschungen an, soviel wusste Katharina jetzt. Warum wohl? Ob das pure Neugierde war? Oder steckte da noch mehr dahinter?

Katharina selbst stand nicht auf ältere Herren, aber das Geschmachte der Mitschülerinnen nervte sie zunehmend. Denen würde sie die Suppe jetzt mal richtig versalzen. Hatten die auch verdient, diese Streberinnen und Schleimerinnen. Was war an Müller nur so besonderes? Irgendwas stimmte mit dem doch nicht.

Eine weitere Stunde tat Katharina sich noch an. Pflege! Als ob sie nicht auch so wüsste, wie man Zähne putzt!

Aber sie konnte sich beim besten Willen nicht konzentrieren, ihre Gedanken schweiften ab. Da konnte sie genauso gut unter dem Vorwand krank zu sein den Unterricht verlassen. Tat sie sowieso öfter.

Ziellos spazierte sie durch die Heidelberger Straßen. Die malerische Weststadt mit ihren Villen begann gleich am Bahnhof. Theo Müller wohnte also ganz in der Nähe der Schule.

Tausend Sachen gingen Katharina durch den Kopf. Bis heute völlig Unbedeutendes erschien plötzlich in einem völlig anderen Licht.

Warum war Herr Müller so nervös gewesen im letzten Unterricht? Er war ganz offensichtlich durch irgendetwas verunsichert gewesen. Und das mit dem Foto fiel ihr wieder ein. Es war dem Lehrer aus dem Kalender gefallen, direkt vor Katharinas Füße. Als sie es freundlicherweise aufheben wollte, hatte er sie ziemlich unsanft beiseite geschoben und das Bild schnell wieder zwischen die Seiten gesteckt.

Katharina musste unbedingt in Erfahrung bringen, ob es wirklich Jeanette war, die sie glaubte, auf dem Foto erkannt zu haben. Vielleicht hatte Jeanette irgendetwas mit dem Verschwinden von Herrn Müller zu tun.

Katharina fragte sich, in welcher Beziehung Jeanette zu Herrn Müller stand. Hatte sie womöglich ein Verhältnis mit ihm? Hatte sie nicht auch schon in der letzten Unterrichtsstunde gefehlt? Wo war sie bloß?

Vielleicht sollte sie Jeanette Schmidt einfach mal besuchen. Falls sie denn zu Hause war. Das war doch unverfänglich, ach was, nett war das, eine kranke Mitschülerin zu besuchen. Der hätte sie schon ein paar Fragen zu stellen. Mal sehen, wie die reagieren würde, wenn Katharina sie unverblümt nach der Blumenstraße 3 fragen würde. Sollte die wirklich was mit dem Müller haben, dann würde sie sich bestimmt verraten.

Katharina sah auf die Uhr und stellte fest, dass die Zeit für einen Besuch bei der Mitschülerin in Leimen allerdings zu knapp war, denn sie hatte noch einen dringenden Termin heute Abend. 21.00 Uhr war sie in der Trattoria Toscana am Markt mit Ulrike verabredet, die schon vor zwei Jahren ihre Ausbildung beendet hatte. Katharina hoffte von ihr noch ein bisschen Klatsch und Tratsch zu hören, am liebsten eine Geschichte über Müller. Wissen war Macht in diesem Fall. Sie nahm sich vor, den Besuch bei Jeanette auf den nächsten Morgen zu verschieben, da hatte sie endlich mal wieder einen freien Tag.

Da er alleinstehend war, würde es wohl einige Tage dauern, bis er von irgendjemandem vermisst werden würde. Er hatte bisher sein Privatleben ganz bewusst weit im Hintergrund gehalten und redete auch mit Kollegen nie über private Angelegenheiten. Vermutlich galt er bei den Kollegen sogar als eher schwierig und launisch. Er war nicht gerade das, was man umgänglich nannte. Kaum jemand wusste, dass er ursprünglich aus Mannheim kam. Immer hatte er selbst vor Freunden um seine Jugend und sein Elternhaus ein Geheimnis gemacht. Das ging niemand etwas an.

Irgendwie hatte er sich sogar schon als Kind ein wenig für das kleine, immer etwas schmuddelige Schreibwarengeschäft seiner Eltern geschämt. Es lag nicht gerade in einem der schicken Viertel Mannheims, hatte kaum und dazu wenig respektable Kundschaft. Lange hatte er selbst nicht recht verstanden, warum er das elterliche Geschäft nicht mochte, aber später wusste er, woher dieses Gefühl rührte.

Nach seinem überstürzten Aufbruch vor zwei Tagen saß Theo Müller nun relativ gelassen im Zug. Draußen vorm Fenster zogen seit Stunden Wälder vorbei. Vermutlich lag der Ural schon längst hinter ihm, aber er hatte nicht darauf geachtet. Richtung Osten rollte der Zug. Schnurgerade durch sibirische Weiten. In ein paar Stunden müsste er endlich in Irkutsk sein.

Müller lehnte sich zurück und ließ sein Leben wie im Kino an sich vorüberziehen. Er sah sich als kleinen Jungen in einer Ecke des Lagerraums über den Mathehausaufgaben brüten. Er sah seinen Vater mit anderen Männern Schnaps trinken und laute Witze erzählen. Laute Witze mit vielen Wörtern, die ein Kind nicht sagen durfte. Dann sah er sich als jungen Studenten im Schreibwarengeschäft seiner Eltern die Bücher nachtragen, das war seine Aufgabe gewesen.

Eines Tages hatte er aus dem Lagerraum hinter dem Laden ein leises Wimmern gehört. Als er diesem Geräusch nachging, änderte sich sein Leben von einer Minute zur anderen. Auch heute noch war er fassungslos, wenn er an das dachte, was er damals dort entdeckt hatte.

Auf einer Pritsche hatte zusammengekauert ein dünnes, vor Angst zitterndes junges Mädchen gelegen. Vielleicht hatte sie auch vor Kälte gezittert, denn sie trug an diesem zugigen Novembertag ein viel zu dünnes Sommerkleid. Krank hatte sie ausgesehen. Fiebrig irgendwie. Mit ihren langen schwarzen Haaren und den trotz des Tränenschleiers wunderschönen großen braunen Augen nahm sie den sensiblen Theo sofort gefangen. Für ihn waren es die schönsten Augen, in die er je geblickt hatte. Vorsichtig hatte er sich der jungen Frau genähert. Er hatte sie nach ihrem Namen gefragt.

„Tatjana.“

Tatjana konnte nur gebrochen Deutsch sprechen. Aber nach anfänglichem Zögern und gutem Zureden erzählte sie ihm einen Teil ihrer Geschichte. Eine traurige Geschichte. Nach und nach konnte Theo sich dann die ganze Wahrheit zusammenreimen.

Die aus Russland stammende Tatjana hatte fatalerweise falschen Versprechungen geglaubt, die man ihr gemacht hatte. Ein gutes Leben in Deutschland hatte sie sich erträumt. Das, was sie tatsächlich antraf, war viel düsterer, als alles, was sie bis dahin erlebt hatte. Schlimmer als in ihren schlimmsten Alpträumen. Denn hier sollte sie dafür sorgen, dass andere ein gutes Leben führen konnten – widerliche alte Männer, schmierige Freier und die Leute, die das Geld einstrichen, das ihr zugestanden hätte.

Damals schwante Theo endlich, woher das Geld für sein aufwändiges Studium gekommen war. Wo waren seine Eltern da nur hineingezogen worden? Wie hatten sie sich auf solche Sachen einlassen können, fragte er sich. Er wäre gern an jenem Abend bei der jungen Frau geblieben, am liebsten für den Rest seines Lebens. Er wollte sie so gern aus ihrer verzweifelten Situation herausholen, aber er wusste bereits, dass das nicht so einfach werden würde.

Sein Verhältnis zu seinem Vater war zu diesem Zeitpunkt schon nicht mehr das beste gewesen, die monatliche Unterstützung fiel immer magerer aus. Theo hatte sich längst einen Job besorgen müssen. Nachtwache auf einer Station des Kreiskrankenhauses. Und dorthin hatte er schleunigst aufbrechen müssen, auch wenn er noch so gern bei Tatjana geblieben wäre. Den Job hatte er nicht riskieren dürfen.

2. TAG

7

Am Morgen darauf, nach einem ausgiebigen Frühstück, stieg Katharina in ihr Auto, um wieder nach Heidelberg und von dort die dreizehn Kilometer zu Jeanette nach Leimen zu fahren. Hoffentlich würde sie sich schnell zurechtfinden, denn sie war noch nie dort gewesen.

Alles klappte problemlos. Leimen war ein eher überschaubares Städtchen ohne besonderen Charme, das wohl lediglich von seiner günstigen Lage vor den Toren Heidelbergs profitierte. Endlich angekommen suchte Katharina die Schubertstraße 23 a. Während sie langsam fuhr und nach den Straßenschildern schaute, stieg ein mulmiges Gefühl in ihr hoch. War das alles richtig, was sie hier tat? Wie würde wohl Jeanette reagieren? Auf all ihre Fragen wollte sie eine Antwort finden. Um einen klaren Kopf zu bekommen, hielt sie erst einmal an, stieg aus und holte tief Luft.

Die Neugier und Abenteuerlust trieben sie aber kurz darauf weiter. Endlich hatte sie auch die gesuchte Straße gefunden, ihre Aufregung wurde immer stärker. Es war das letzte Haus auf der linken Seite, in einer Sackgasse. Das kleine Einfamilienhaus, mit weißer Fassade und roten Ziegeln, lag inmitten eines schönen Vorgartens. Es sah gepflegt und gemütlich aus. Wenn sie nicht gewusst hätte, dass Jeanette nur die günstige Einliegerwohnung bei einem älteren Ehepaar ohne eigene Kinder gemietet hatte, hätte sie sich sehr gewundert.

Beherzt ging Katharina durch den Vorgarten zu einem der Fenster. Vielleicht war niemand zu Hause. Sie schaute durch ein Fenster und versuchte drinnen irgendetwas zu erkennen. Sogleich fing der Hund von Jeanette an zu bellen.

Jeanette, die von dem Gebell aufmerksam geworden war, kam in das Zimmer und trat ans Fenster um nachzuschauen. Sie schaute direkt in die Augen von Katharina, die sich von außen die Nase an der Scheibe platt drückte. Beide jungen Frauen waren gleichermaßen erschrocken. Jeanette öffnete sofort die Tür, ihr Hund Lissy schoss pfeilschnell auf Katharina zu und gebärdete sich wie toll. Als Jeanette ihren Hund beruhigt hatte, bat sie

Katharina erst einmal ins Haus. Heiser war sie, trug einen dicken Schal um den Hals und schien tatsächlich krank zu sein.

In der Küche setzten sie sich auf die gemütliche Eckbank und Katharina bekam einen Becher Kaffee. Katharina, der das Schweigen unheimlich war, fing sofort an zu plaudern. Sie erklärte Jeanette, dass ihr Auftauchen etwas mit Herrn Müller zu tun habe und dass sie sich dringend mit ihr darüber unterhalten wolle.

Sie machte nicht viel Umstände und fragte Jeanette gerade heraus, ob sie schon vom Verschwinden des Dozenten gehört hätte. Als diese glattweg verneinte, war Katharina einigermaßen überrascht, gab sich jedoch noch nicht geschlagen und erzählte Jeanette, dass sie gestern Abend erfahren hatte, dass der Müller schon vor zwei Jahren was mit einer Schülerin gehabt hätte. Das stimmte zwar nicht, aber sie konnte ja mal dick auftragen.

Außerdem fragte sie, ob Jeanette beobachtet hätte, wie Herrn Müller ein Foto aus seinem Kalender gefallen war und dass sie glaubte, auf diesem Foto Jeanette erkannt zu haben. Jetzt war Jeanette sehr überrascht. Oder tat sie nur so? Aber auch die Fragen, ob sie wisse, wo die Blumenstraße in Heidelberg sei, und ob sie wisse, dass Herr Müller dort wohne, verneinte sie.

Jeanette schüttelte nur immer wieder den Kopf und versicherte Katharina, dass sie noch nie von der Blumenstraße gehört habe und auch nicht wisse, wo Herr Müller jetzt stecken könnte.

Irgendwie schien Katharina alles plausibel. Sie glaubte Jeanette, aber irgendetwas stimmte an der ganzen Sache trotzdem nicht. Nur was? Katharina konnte sich keinen Reim darauf machen.

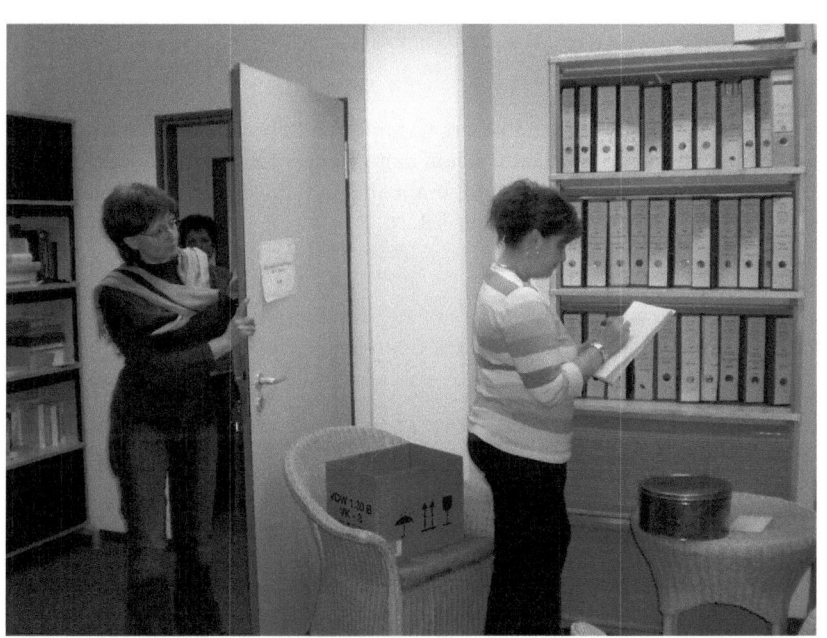

8

Kommissarin Petra Denzig saß verärgert an ihrem Schreibtisch. Dieser Theo Müller beschäftigte sie nun schon den zweiten Tag. In der seiner Wohnung hatten sie keinen einzigen brauchbaren Hinweis gefunden, außer vielleicht der Telefonnummer seiner Eltern.

Sie überlegte kurz und drehte sich dann zu Massi um, der sich mit Julia, der Computerexpertin, in ein eher privates Gespräch vertieft hatte.

„Ich rufe jetzt bei Müllers Eltern an. Vielleicht wissen sie, wo sich ihr Sohn aufhält oder ob ihm etwas passiert sein könnte. Zu vermissen scheinen sie ihn ja bisher nicht. Massi, du gehst ins Archiv und wühlst in den Akten und Julia, du hängst dich an den Computer und siehst im Internet nach, ob du was findest."

Massi verzog das Gesicht und murmelte im Weggehen:

„Immer darf ich die Drecksarbeit machen. Dabei habe ich eine Stauballergie."

Petra sah ihm nach und schmunzelte nur. Dann nahm sie das Telefon und wählte die Nummer der Eltern. Es klingelte mehrmals. Sie wollte schon wieder auflegen, als endlich jemand den Hörer abnahm.

„Schreibwaren Müller",

meldete sich eine gelangweilte Stimme am anderen Ende der Leitung.

„Guten Tag, hier spricht Kommissarin Petra Denzig vom Revier 15/50 in Heidelberg. Haben sie einen Sohn, der Theo heißt?"

Der Vater bejahte nur. Eine kurze Pause entstand. Petra merkte, dass keine weitere Reaktion kommen würde. Der Mann auf der anderen Seite blieb ruhig und gelassen und wartete offensichtlich auf die Dinge, die nun kommen mussten. Fragte nicht mal nach, aus welchem Grund die Polizei bei ihm anrief. Das machte sie stutzig und kam ihr höchst merkwürdig vor, denn einen Anruf von der Polizei erhielt man ja nicht jeden Tag. Meistens reagierten die Angerufenen regelrecht panisch. Also fragte sie nach.

„Können Sie mir etwas über Ihren Sohn erzählen? Wissen Sie zufällig, wo er sich in diesem Moment befindet, wo wir ihn vielleicht erreichen können."

Die Antwort des Vaters fiel einsilbig aus und lautete lediglich:

„Nein."

Das machte Petra noch stutziger und sie fragte gleich weiter:

„Wann haben Sie denn Ihren Sohn zuletzt gesehen oder gesprochen?"

„Das ist schon eine Weile her.",

so die kurze Antwort des Vaters.

Darauf fiel Petra nun nichts mehr ein, der Mann war ein harter Brocken. Ihr blieb nur noch zu bitten, er möge sich sofort mit ihr in Verbindung setzen, falls er irgendetwas von seinem Sohn hörte oder ihn sah. Hoffentlich hatte er sich wenigstens die Telefonnummer notiert. Sie bedankte sich betont höflich für das Gespräch und legte frustriert auf.

In Gedanken versunken, ging sie das Telefonat noch mal durch, musste allerdings feststellen, dass es sie in keiner Weise weiter gebracht hatte. Außer der Erkenntnis, dass es den Vater nicht sonderlich wunderte, warum die Polizei ihn anrief und nach seinem Sohn fragte, hatte es rein nichts gebracht. Sonderbar, sonderbar.

Ihre Freundin Julia hatte ihre Recherche fortgesetzt, aber bisher nichts über Theo Müller herausgefunden, was sie nicht ohnehin schon wussten. Das hieß, sie musste nun selbst auch in das staubige Archiv hinabsteigen und Akten wälzen. Massi würde sich diebisch darüber freuen, dass er die Drecksarbeit nun nicht mehr alleine würde machen müssen. Wahrscheinlich würde er alle drei Minuten theatralisch hüsteln.

Als Petra in den Keller kam, war ihr Kollege natürlich noch nicht fündig geworden. Er schüttelte auf ihren fragenden Blick hin nur resigniert den Kopf. Nach einer weiteren Stunde Suchen, drei Tassen Kaffee und einer verrauchten Schachtel Zigaretten stießen sie endlich auf eine Akte der Eltern von Theo Müller. Die lag schon über fünfundzwanzig Jahre hier, war wohl von allen vergessen und nie wieder durchgesehen worden.

Sie fanden mehrere Anklageschriften und diverse Protokolle und Berichte. Wegen Zwangsprostitution war der Vater vor Gericht gestellt worden, die Mutter zur Beihilfe angeklagt. Aber aus Mangel an Beweisen waren beide frei gesprochen worden. Petra pfiff durch die Zähne. Ihr schossen die Gedanken nur so durch den Kopf. Die Eltern führten doch seit ewigen Zeiten einen Schreibwarenladen? Was hatte das mit Prostitution zu tun? In welcher Sache steckten Theos Eltern da drin? Hatte das alles vielleicht mit dem Verschwinden von Theo Müller zu tun? Hatte er vielleicht etwas herausgefunden? War er untergetaucht? Musste er verschwinden? Wo war Theo Müller? Was war vor fünfundzwanzig Jahren passiert? Fragen über Fragen, aber noch keine einzige Antwort!

„Komm, lass uns Feierabend machen und was essen gehen",

sagte Petra zu Massi.

„Diesen Tag muss ich erst mal verdauen. Ich gehe nach oben und frage bei Julia am Computer nach, ob sie auch mitgehen will. Du bringst dieses Chaos hier noch in Ordnung, dann treffen wir uns um 20 Uhr beim Italiener auf dem Marktplatz in der Fußgängerzone. Trattoria Toscana, du weißt schon, dort wo es diese perfekten Torteloni gibt."

Massi fand diese Idee einfach wunderbar, da er gerne italienisch aß und das Essen außerdem mit etwas Glück auf die Spesenrechnung gehen würde. So schnell hatte er noch nie Ordnung gemacht. Petra ging unterdessen zu Julia und fragte nach, ob sie mit zum Italiener gehen wolle, und fügte ganz nebenbei hinzu, dass Massi auch anwesend sein würde. Julia schaute etwas verlegen drein, bejahte die Frage aber mit leuchtenden Augen. Sie stand schon lange auf ihn. Zum Glück war das wohl auch nicht einseitig.

9

Während Julia und Massi sich unentwegt anhimmelten und die geradezu verblüffende Übereinstimmung ihrer Interessen entdeckten, schweiften Petras Gedanken ab. Warum war der Vater von Theo Müller so einsilbig und geradezu verstockt gewesen? Hatte er etwas zu verbergen oder war das seine übliche Art.

„ Hey Julia, hast du bei deinen Recherchen denn noch etwas Nennenswertes über diesen Theo Müller oder seine Familie herausgefunden?",

unterbrach sie die beiden Turteltauben.

„ Ja, hab ich",

antwortete sie, allerdings ohne ihren Blick von Massi abzuwenden.

Jetzt wurde Petra doch etwas lauter und bestimmender in ihrem Ton.

„Und das da wäre!?"

Nun bemerkte auch Massi, dass sie ihr Geflirte besser auf später verschieben sollten. Also gab er Julia einen Wink, diese drehte sich dann zu Petra herüber und schilderte ihr ihre Recherchen.

Sie hatte tatsächlich einen Bericht gefunden, der mehr als 25 Jahre alt war. Irgendwer hatte sich die Mühe gemacht, den ins Netz zu stellen.

Damals wurde ein junges Mädchen Namens Tatjana Vydonsky als vermisst gemeldet. Gemeldet von einem Studenten Namens Theo Müller! Sie war eine Russin, die illegal nach Deutschland gekommen war, in der Hoffnung wohl, hier die große Freiheit zu finden und gutes Geld zu verdienen.

Theo hatte sie angeblich im Schreibwarengeschäft seiner Eltern kennen gelernt, als er sie eines Tages im Hinterzimmer des Ladens bitterlich weinend aufgefunden hatte. Seine Eltern hatten bis zum Schluss behaupteten, dass sie das Mädchen von der Straße aufgelesen hätten. Sie wäre angeblich herumgeirrt und da sie ihnen Leid tat, hätten sie sie zu sich genommen. Theo hatte wohl schnell gemerkt, dass die Version seiner Eltern nicht ganz der Wahrheit entsprach. Man hatte ihnen aber nie etwas beweisen können. Offensichtlich hatte Tatjana dem Studenten schnell vertraut.

Theo und Tatjana verliebten sich anscheinend ineinander, bestimmt nicht gerade zum Wohlgefallen seiner Eltern. Sie wünschten ihrem Sohn was Besseres als so eine Frau. Schließlich studierte er und sollte später einmal Anwalt werden. Und da passte diese Person so ganz und gar nicht ins Bild. Auch Tatjanas Arbeitgeber – oder sollte man besser Zuhälter sagen – hielten wohl nicht viel von privaten Kontakten der jungen Frau. Theo und Tatjana hatten sich deshalb nur heimlich treffen können. Eines Tages jedoch sei sie dann spurlos verschwunden gewesen. Theo war zur Polizei gegangen und hatte es gemeldet.

Das alles hatte er damals zu Protokoll gegeben.

Die Ermittlungen wurden jedoch nach Monaten der Suche eingestellt. Das Mädchen war wie vom Erdboden verschwunden gewesen, tauchte nie wieder auf, als hätte die Begegnung mit ihr nur in Theos Fantasie stattgefunden. Auch die Vermutung, dass es sich um illegale Einreise, Zwangsprostitution und Zuhälterei gehandelt haben könnte, ließ sich nicht mit Beweisen erhärten. Der damalige Staatsanwalt Dr. Hermann Pfeifer hatte sämtliche Ermittlungen schnell wieder eingestellt.

Petras Gedanken schwirrten durcheinander. Das ließ den ganzen Fall in einem völlig neuen Licht erscheinen. Hatte Theo vielleicht jetzt nach so langer Zeit einen Hinweis erhalten und sich selbst auf die Suche nach der damaligen Geliebten gemacht? War damals irgendetwas nicht mit rechten Dingen zugegangen? Aber warum kam erst jetzt nach so langer Zeit wieder Bewegung in die Geschichte? Was hatte den Anstoß dafür gegeben? Sie beschloss, den damaligen Staatsanwalt aufzusuchen.

Für diesen Abend ließ Petra die Sache allerdings erst mal auf sich beruhen. Sie unterhielt sich weiter mit den beiden Verliebten und schaffte es sogar für ein paar Stunden abzuschalten.

Nach dem Essen verabschiedete sie sich von Massi und Julia und fiel dann zu Hause todmüde in ihr Bett.

Hinter einem winzigen Guckloch schaute ein betagter Bahnangestellter
hervor und Theo Müller lächelte ihn zögerlich an. Beherzt trat er näher an
den Schalter und fragte nach einem Hotel. Der Alte lächelte weiter und gab
ihm damit zu verstehen, dass er nicht wusste, was er von ihm wollte. Theo
merkte schnell, dass er hier nicht weiter kam. Er verließ das
Bahnhofgelände und ging geradewegs in die nächste Kneipe.

Als erstes bestellte er sich ein Bier und einen Teller Borschtsch.. Das Bier,
das hier Piwo hieß, war dünn und schal, die heiße Krautsuppe dagegen nur
lauwarm, aber allemal besser als die Brotreste, die noch in seiner
Reisetasche steckten.

Als er sich gestärkt hatte, blieb immer noch die Frage nach der Unterkunft.
Er fragte den Wirt nach einem Bett, deutet mit dem auf die Seite geneigten
Kopf das Liegen an. Dieser nickte zum Glück verstehend und zeigte mit
dem Finger nach oben. Sein breites Grinsen auf dem Gesicht verriet höchste
Zufriedenheit, denn Besuch aus Deutschland bedeutete auch, dass der Rubel
rollen würde.

Theo Müller nahm das Angebot an und ging sofort die angrenzende Treppe
hinauf. Im Zimmer angekommen, ließ er sich auf das Bett fallen, todmüde
war er. Die Schlafwagennächte waren alles andere als ruhig
gewesen.Trotzdem fand er lange keine Ruhe, seine Gedanken kreisten
unaufhörlich um Tatjana. Der Schlaf wollte einfach nicht kommen. Die
Erinnerungen ließen ihn nicht los.

3.Tag

11

Petra war schon sehr früh aufgestanden und zum Dienst gegangen. Morgens war es wunderbar ruhig hier auf der Polizeidienststelle, da wimmelte es noch nicht so von irgendwelchen Leuten, die die Polizei mit Kleinkram auf Trab hielten.

Sie schlürfte in Ruhe ihren Kaffee und durchforstete die Dokumente, die Massi gestern im Archiv gefunden hatte. Der Staatsanwalt Hermann Pfeifer hatte damals in Mannheim-Jungbusch gewohnt. Ein nicht besonders sauberes Viertel, wie man so hörte. Etwas zwielichtig eher. Nach dem Abschluss der Ermittlungen – der Prozess war ja nie zustande gekommen – war er bald umgezogen. So viele Zufälle, das war schon etwas eigenartig.

Petra fand seine neue Adresse in Heidelberg heraus. Er lebte heute in der Hirschgasse 8. Nicht weit von Philosophenweg entfernt. Eine der teuersten und begehrtesten Ecken von Heidelberg. Nach Petras Berechnungen war Herr Pfeifer längst in den Ruhestand getreten. Sie nahm sich vor, ihm einen Besuch abzustatten. Vielleicht erfuhr sie doch noch etwas, was bei den damaligen Ermittlungen als unwichtig abgetan wurde.

Ihre Ruhe wurde lautstark von quietschenden Reifen gestört. Massi machte seinem Spitznamen mal wieder alle Ehre. Dass der Kerl immer so einen Lärm machen muss, dachte sie genervt.

„Guten Morgen, Chefin",

kam Massi über das ganze Gesicht strahlend ins Büro.

„Schon wieder fleißig bei der Arbeit?"

„Wie du siehst, schon",

antwortete die Kommissarin und schaute dabei demonstrativ auf die Uhr.

„Soweit mir bekannt ist, beginnt auch dein Dienst um 8.00 und nicht um 9.00 Uhr",

bemerkte sie etwas spitz.

„Tut mir Leid, ich habe verschlafen",

antwortet Massi, ohne dabei mit der Wimper zu zucken.

„Liegt wohl in der Luft",

meinte Petra ironisch.

„Julia ist nämlich auch noch nicht da!"

Massi räusperte sich kurz und setzte sich dann aber ohne ein weiteres Wort an seinen Schreibtisch. Petra grinste verschmitzt in sich hinein. Sie teilte Massi mit, dass sie gleich einen Besuch bei Hermann Pfeifer, dem ehemaligen Staatsanwalt, machen würden.

Bald fuhren die beiden los. Da Petra ja schon wieder mit Massi fahren musste, hatte sie mit Grauen an die bevorstehende Fahrt gedacht. Umso mehr wunderte sie sich, dass Massi zur Abwechslung auch mal zivilisiert Auto fahren konnte. Er hatte wohl tatsächlich ein schlechtes Gewissen wegen seines Zuspätkommens!? Ihr war es nur recht, so konnte sie sich endlich mal beruhigt zurücklehnen und die Fahrt genießen.

Am Fuß des Heiligenberges angekommen, parkte Massi seinen Wagen vorbildlich und die Zwei gingen das letzte Stück zum Haus zu Fuß. Es war ein herrliches Fleckchen Erde. Man konnte von hier aus das Heidelberger Schloss in seiner ganzen Pracht sehen und der Neckar floss ruhig dahin. Schon Goethe hatte von diesem Ort geschwärmt.

Als Petra sich nach dem zweiten vergeblichen Klingeln schon wieder zum Gehen entschieden hatte, öffnete doch noch eine ältere Dame die Tür. Sie schaute die Beiden etwas skeptisch an, ließ sie jedoch herein, nachdem sie sich mit ihren Ausweisen vorgestellt hatten.

Die ältere Frau bat sie in den Wintergarten, der einen atemberaubenden Blick auf das Schloss bot.

„Wir wollen Herrn Hermann Pfeifer sprechen",

sagte Petra freundlich.

„Ihr Mann, nehme ich an."

„Es tut mir Leid",

antwortete die ältere Dame etwas steif.

„Mein Mann befindet sich nach einem Schlaganfall in einen Pflegeheim. Ich war nicht mehr in der Lage, ihn zu betreuen und da habe ich mich schweren Herzens dazu entschieden ihn dorthin zu bringen. Aber es geht ihm sehr gut, er bekommt die bestmögliche Pflege."

„In welchem Pflegeheim lebt denn ihr Mann?",

fragte Massi die Ehefrau.

„Er ist der Pflegeheimat St. Hedwig gleich hier in Neuenheim",

war ihre Antwort.

„Können wir ihren Mann dort besuchen?",

fragte Massi weiter.

„Ja natürlich.",

antwortete die Frau ruhig,

„Aber erwarten Sie nicht zu viel, seit dem Schlaganfall fällt ihm das Sprechen sehr schwer. Worum geht es denn eigentlich? Vielleicht kann ich Ihnen dabei weiter helfen?",

fragte die Ehefrau endlich nach.

„Wir ermitteln in einer Sache, die über 25 Jahre zurück liegt",

antwortete die Kommissarin.

Die Ehefrau schüttelte nur den Kopf und meinte:

„Was seine Arbeit als Staatsanwalt anging, hat Hermann nie etwas erzählt, er meinte, er unterliege der Schweigepflicht."

„Wir werden sehen, was wir noch in Erfahrung bringen können. Jedenfalls vielen Dank für Ihre Auskunft",

antwortete die Kommissarin. Petra und Massi verabschiedeten sich rasch und gingen zurück zum Auto.

„Hast du den Blick der Ehefrau gesehen, als wir ihr erzählten, dass wir in einer alten Sache ermitteln?",

fragte Petra Massi.

„Ja, das hab ich. Sie wirkte irgendwie erschrocken, vielleicht weiß sie doch etwas mehr, als sie zugibt."

„Lass uns gleich ins Pflegeheim fahren, mal sehen was sich dort ergibt",

meinte Petra.

Als der Morgen graute, die ersten Sonnenstrahlen zaghaft durch die Gardine spitzelten, stand Theo völlig gerädert auf. Nach der Dusche ging er in den Schankraum, um nach einem Frühstück zu fragen. Bis das Essen fertig war, versuchte er beim Wirt in Erfahrung zu bringen, wie er am schnellsten an Informationen zu Tatjanas Verbleib kommen könne. Der Wirt grinste, nickte mehrfach enthusiastisch mit dem Kopf und sagte ständig „Da, Da.", was soviel wie „Ja, ja." hieß. Theo hatte zwar vorsorglich im Zug ein paar Brocken Russisch aus einem Sprachführer gelernt, der Wirt schien aus seinem russisch-deutschen Gestammel aber rein gar nichts zu verstehen. Er bluffte nur und stimmte allem zu, Gast ist Gast und vielleicht ließe sich ja noch mehr Gewinn herausschlagen. Zahlungskräftige Gäste stiegen hier selten genug ab.

Theo wollte schon aufgeben, als ein weiterer Gast, der bisher still in einer dunklen Ecke gesessen hatte, dazukam und in einem merkwürdig altertümlichen Deutsch antwortete. Theo war erleichtert. Er zeigte dem Fremden das Foto von Tatjana und einen Zettel, auf dem ihr Name in kyrillischen Buchstaben stand. Tatjana hatte den Zettel geschrieben, als sie ihm die fremden Buchstaben beibringen wollte. Theo hatte den Zettel genau wie das einzige Foto von Tatjana über all die Jahre aufbewahrt. Der Fremde konnte damit nichts anfangen, riet Theo aber, zur Kirche zu gehen. Dort würde er den alten Priester antreffen, der über fast alle Einwohner in seinem Stadtteil Bescheid wisse. Er bot Theo an, ihn bis zur Kirche zu begleiten. Theo packte nur schnell seine wenigen Sachen zusammen, bezahlte beim Wirt seine Rechnung und verließ mit dem Fremden die Kneipe.

Sie mussten eine ganze Weile zu Fuß gehen, bis sie endlich die Kirche erreichten. Während dieser Zeit wollte der Fremde wissen, warum Theo nach der Frau suchte. Da Theo aber nicht gerne über sein Privatleben redete, versuchte er geschickt durch Gegenfragen von dem Thema abzulenken.

Endlich standen sie vor der Kirche. Die sah genauso aus wie die Bilder in Theos Reiseführer: Zwiebeltürmchen über weiß getünchten Mauern. Alles frisch restauriert.
Der Fremde deutete auf eine schwere Holztür im Nebengebäude und meinte, Theo solle dort hinein gehen, die Treppe nach oben, dann wäre er am Arbeitszimmer des Priesters. Theo dankte dem Fremden für die Hilfe und seine Bemühungen, verabschiedete sich und betrat mit einem etwas mulmigen Gefühl das alte Gebäude. Er ging langsam die Treppe hinauf,

holte noch einmal tief Luft und klopfte an die schwere Tür. Es dauerte eine ganze Weile, bis auf der anderen Seite endlich Schritte zu hören waren. Theos Herz klopfte bis zum Hals, als ein kleiner alter, etwa 75- bis 80-jähriger weißhaariger Mann die Tür öffnete. Erstaunt sah er zu Theo hinauf.

Freundlich fragte er Theo, was er für ihn tun könne. Zumindest glaubte Theo, dass er das gefragt hätte, denn hier versagten die Kenntnisse aus dem Sprachführer. Vielleicht hätte er lieber mit einer CD lernen sollen. Gesprochenes Russisch verstand er absolut nicht. Theo hielt ihm also wortlos das Foto von Tatjana hin. Vielleicht hatte er ja Glück.

Der Priester sah sich das Foto eine lange Zeit schweigend an, dann bat er Theo in sein Zimmer und deutete auf einen großen alten Sessel aus dunklem Holz, dort solle er sich hinsetzen. Ehrfurchtsvoll schaute sich Theo in dem großen dunklen, mit schweren alten Eichenmöbeln voll gestellten Zimmer um.

Der Alte setzte sich selbst direkt neben ihn, nachdem er etwas zu trinken und ein altes Fotoalbum geholt hatte. Das Fotoalbum legte er unmittelbar vor sich auf den Tisch. Theo nahm einen Schluck Wasser und würgte es mit Mühe hinunter. Er war nervös und aufgeregt zugleich, denn er wusste nicht, was das Fotoalbum in diesem Zusammenhang zu bedeuten haben könnte. Er wunderte sich und starrte den Priester und sein altertümliches Fotoalbum an. Der öffnete vorsichtig das schwarze Buch und schlug mehrere vergilbte Seiten auf einmal zurück, bis er zu einer Seite gelangte, auf der zwei Bilder klebten. Zwischen ihnen war mit silbernem Stift etwas auf Russisch geschrieben. Der Priester sah zufrieden aus und schob das Album zu Theo herüber. Dieser rückte ständig sein Glas hin und her vor Ungeduld. Er sah sich das Bild an und erschrak – Tatjana, seine liebste Tatjana! Ihm schossen tausend Gedanken durch den Kopf.

Als hätte er es geahnt, rückte der Geistliche mit dem Stuhl noch dichter neben Theo und fing gleich an zu erzählen, dieses Mal in einem erstaunlich guten Deutsch:

„Ja, das ist Tatjana. Ein trauriges Mädchen mit einer furchtbaren Geschichte. Damals, als sie noch ganz jung war, wünschte sie sich ein besseres Leben und ging nach Deutschland. Ihr wurde eine sehr viel schönere Welt versprochen, doch es erwartete sie das völlige Gegenteil.

Tatjana wurde zur Prostitution gezwungen. Sie wurde enttäuscht und sehr verletzt. Ihr Leben war für sie fast wertlos geworden, bis sie einen Deutschen kennen lernte, der sie Liebe spüren ließ. Als sie schwanger wurde, brachte man sie nach Russland zurück. Sie wundern sich sicher, woher ich das alles weiß? Tatjana war ein sehr ehrlicher Mensch, sehr offen ihrer Religion gegenüber und ich war wie ein Vater für sie. Wir hatten eine sehr gute, freundschaftliche Beziehung zueinander. Sie redete sich ihre Seele frei von Problemen und beichtete mir das Verhältnis mit dem Deutschen. Sein Name war Theo Müller", sagte der Priester.

Theo erschrak, als er plötzlich seinen Namen hörte, doch bekam er kein Wort heraus. So fuhr der Priester fort:

„Irgendwann verließ sie dann ihre Hoffnung. Ihr Leben war durch den Tod ihrer Mutter und die Enttäuschung sowie die geplatzte Hoffnung voll mit Trauer und Frust. Doch dann gebar sie eine wunderschöne Tochter."

Die Taufe habe der Priester in dieser Kirche zelebriert.

Trotz der schlimmen Erfahrung wollte sie dennoch zurück nach Deutschland, ihrem Kind einen guten Start ins Leben ermöglichen, wer weiß. Da auch ihre Mutter starb, heiratete sie bald danach einen Deutsch-Russen, wohl nur, um mit ihm wieder nach Deutschland zurück gehen zu können.

Theos Atem blieb stehen, war das wirklich wahr, was er eben gehört hatte? Hatte sie eine Tochter von ihm oder von jemand anderem? Er wusste es nicht, doch im tiefsten Innerem wünschte er sich, dass das Mädchen von ihm wäre. Er war verletzt zu erfahren, dass seine Tatjana verheiratet war und andererseits war er verwirrt, dass Tatjana eine Tochter zur Welt gebracht hatte.

Der Priester ließ sich nicht beirren und fuhr in seiner Erzählung fort:

„Tatjanas Tochter wurde auf den Namen Elena getauft. Aber viele ändern ja den Namen ihrer Kinder, wenn sie nach Deutschland einwandern. Die Familie lebt nun in Deutschland und seitdem habe ich nichts mehr von ihr gehört. Oder doch, warten Sie bitte einen Moment! Ich hole nur mal schnell etwas."

Der Priester ging mit schnellen Schritten auf die Kommode zu und öffnete eine der vielen Schubladen. Er holte etwas heraus und setzte sich dann wieder an den Tisch. Er hielt Theo eine Postkarte hin, unterzeichnet mit dem Namen Tatjana. Diese Buchstaben erkannte Theo ohne Mühe. Der Priester hatte die Karte vor zwei Wochen zugeschickt bekommen. Theo schaute auf den Stempel der Postkarte, da stand Heidelberg. Wieso Heidelberg? Sollte es doch Hoffnung geben?

Er bedankte sich ganz herzlich bei dem Priester und erzählte, wie sehr er Tatjana liebte und sich nach ihr sehnte. Seither fühlte er sich nie zu anderen Frauen hingezogen. Er hätte immer an Tatjana gedacht, sogar oft versucht sie zu finden. Aber jeder Versuch führte in eine Sackgasse. Jetzt wagte er es, wobei seine Hände vom Schweiß nass wurden, sein Herz raste, mit zitternder Stimme fragte er den Priester, wer Jelenas Vater wäre.

Der Priester zögerte einen Moment es ihm zu sagen, weil er aber mit Theo mitfühlte, erzählte er ihm, dass Tatjana schon schwanger war, als sie damals aus Deutschland zurückkam. Ein Gedanke ging Theo durch den Kopf. Ob er tatsächlich der Vater sein könnte? Er starrte auf das Bild in dem Album.

Dann bot der Priester ihm an, die Nacht im Gästezimmer zu verbringen. Am nächsten Tag könnte er sich in Ruhe entscheiden, was weiter zu tun sei. Der Priester zeigte ihm sein Zimmer. Nach einem Stadtbummel war Theo ohnehin nicht zumute. Er legte sich aufs Bett und tausend Sachen gingen ihm durch den Kopf. Stundenlang grübelte er. Irgendwann wurde es dunkel.Der Schlaf wollte und wollte nicht kommen. Bevor er einschlief konnte, ging langsam schon wieder die Sonne auf. Er schaute auf die Uhr. Es war sechs Uhr früh. Theo stand auf und rannte den engen Treppenflur hinunter. In diesem Augenblick kam der Priester ihm entgegen und lud ihn zum Frühstück ein. Theo hatte jedoch nur einen Gedanken, so schnell wie möglich nach Deutschland zu kommen. Er lehnte das Frühstück ab. Er hatte es eilig, war aufgeregt und seine Herzschläge rasten.

Der Priester fuhr ihn zum Flughafen. Er nahm den nächsten Flieger nach Deutschland und landete auf dem Frankfurt/Main-Flughafen. Theo stieg nicht mit dem Menschenstrom aus dem Flugzeug, sondern drängelte und rannte ohne abzuwarten. Er nahm sein Handgepäck und stürmte durch die Kontrolle durch. Er rannte aus dem Flughafen heraus und nahm sich ein Taxi nach Heidelberg. Im Taxi auf dem hinteren Sitz machte er sich einen Plan, wie er Tatjana in Heidelberg finden könnte.

13

Im Pflegeheim herrschte reger Betrieb. Die Bewohner tranken gerade ihren Nachmittagskaffee. Petra und Massi stellten sich der Stationsleitung vor und wurden von ihr zu Herrn Pfeifer begleitet. Dabei begegneten sie einer Schwesternschülerin, die ihnen irgendwie bekannt vorkam. Herr Pfeifer bewohnte ein Einzelzimmer, das liebevoll und gemütlich eingerichtet war. Er saß im Zimmer in einem Rollstuhl und schaute zum Fenster hinaus. Die Sonne schien herrlich warm.

„Guten Tag, Herr Pfeifer",

sagte Petra in einem freundlichen Ton. Herr Pfeifer sah die beiden verblüfft an.

„Wer sind sie?",

artikulierte er in schwer verständlichen Worten.

„Wir kommen vom Polizeirevier 15/50 in Heidelberg und hätten ein paar Fragen an Sie.",

antwortete die Kommissarin.

Herr Pfeifer drehte seinen Rollstuhl mühsam mit einer Hand um und wandte sich den beiden zu.

„Um was geht es denn?",

nuschelte er.

Petra antwortete:

„Vor 25 Jahren wurde eine Russin Namens Tatjana Vydonsky als vermisst gemeldet. Die Ermittlungen blieben erfolglos. Ein gewisser Theo Müller hatte die Vermisstenanzeige aufgegeben. Eben dieser Theo Müller wird jetzt seit ein paar Tagen selbst vermisst. Er ist Dozent an der F+U in Heidelberg. Nun stellt sich natürlich die Frage, ob es da eine Verbindung geben könnte? Schließlich war Müller damals mit der Vermissten liiert. Und Sie waren der Staatsanwalt, der die Ermittlungen gestoppt und den Prozess aufgrund der mangelhaften Beweislage eingestellt hat."

Der ehemalige Staatsanwalt wurde unruhig. Er hatte immer gewusst, dass ihn die ganze Sache irgendwann wieder einholen würde. Spätestens in dem Augenblick, als er die Altenpflegeschülerin Jeanette zum ersten Mal gesehen hatte. Sie war ihrer Mutter wie aus dem Gesicht geschnitten. Ihm war klar, wenn er dieses Mal verschweigen würde, was damals wirklich passiert war, würde er nie seine Ruhe finden. Was hatte er schon noch zu verlieren? Er lebte in einem Pflegeheim, konnte nicht mehr laufen, das Sprechen fiel ihm schwer, er brauchte Hilfe bei seinen täglichen Verrichtungen und seine Frau besuchte ihn auch nur hin und wieder einmal, weil sie es ihm bis heute nicht verzeihen konnte, auf welche windigen Geschäfte er sich einst eingelassen hatte. Auch seine Freunde ließen kaum noch von sich hören. Das Einzige, was ihm blieb, war sein Verstand und sein Wissen. Aber alles schmerzte ihn so sehr, das Gewissen quälte ihn derart, dass er sich hier im Heim zurückgezogen hatte und ein einsames Dasein fristete.

Nur zu der jungen Altenpflegeschülerin Jeanette hatte er ein gutes und vertrautes Verhältnis. Das würde sich jetzt wohl auch ändern, wenn die Wahrheit ans Licht käme, aber er wollte nicht mehr mit dieser Schuld und dem inneren Druck leben.

Mühsam begann der ehemalige Staatsanwalt zu sprechen. Massi schaltete sein Diktiergerät ein und hoffte, das Gerät würde eine brauchbare Aufnahme zustande bringen.

„Es liegt nun Jahrzehnte zurück, da machte ich in Irkutsk Urlaub. Ich fuhr schon zum fünften Male in das wundervolle Sibirien. Die Menschen dort waren gastfreundlich und hilfsbereit, aber sie waren nach unseren

Maßstäben auch sehr arm. Sie sahen mich immer als reichen Gentleman an, weil ich in der Kneipe oft mit den Einheimischen saß und eine Runde nach der anderen schmiss. Eines Tages wurde ich vom Wirt gefragt, ob ich in Deutschland Arbeit verschaffen könnte. Da ich Beamter wäre, könnte ich doch bestimmt meine Beziehungen spielen lassen. Von der Bestechlichkeit der deutschen Behörden hatten die so ihre eigenen Vorstellungen. Ich sagte ihm, dass ich schauen würde, was ich tun könnte.

Als ich nach Deutschland zurückkam, bemerkte ich schnell, dass dies nicht so einfach ginge. Ohne selbst hier Verwandte zu haben, hatten die Russen keine Chance auszureisen oder gar hier sesshaft zu werden, schließlich kosteten sie den Staat ja Geld. Etwas bier- und wodkaselig hatte ich aber Hoffnungen geweckt und wollte den Menschen helfen. Schnell fand ich heraus, dass es in Deutschland durchaus Menschen gab, die skrupelloser waren und als ich. Menschenhandel war ein ganz großes Geschäft. Allerdings war auch ich nicht selbstlos und witterte, dass auch mich einiges rausspringen würde. Also tat ich mich mit ein paar Kollegen zusammen und wir fanden Spezialisten, die die benötigten Papiere und Pässe beschafften. So konnten einige Russen hierher kommen und arbeiten und ihre Familie zu Hause versorgen. Das ganze war zwar illegal, aber es diente ja einem guten Zweck, meinte ich.

Alles lief ganz gut, bis eines Tages ein Zuhälter davon Wind bekam. Er drohte damit, das Ganze auffliegen zu lassen, wenn wir ihm nicht halfen, ein paar russische Mädchen für ihn arbeiten zu lassen. Sie wären in seinem Gewerbe mehr als gefragt. Da wir den Staat nun schon zu lange betrogen hatten und das erhebliche Folgen für uns und unsere Familien gehabt hätte, stimmte ich der ganzen Sache widerwillig zu. Die Eltern von Theo Müller waren damals gute Freunde von mir und ihr Geschäft lief zu dem Zeitpunkt nicht besonders gut, also bot ich ihnen Unterstützung an und im Gegenzug wurde das Hinterzimmer zum Umschlagplatz für die Mädchen. Der Zuhälter holte sie dort ab und bezahlte gutes Geld, das die Mädchen dann wieder für ihn ranschaffen mussten.

Da die Müllers einen Sohn hatten, der studieren wollte, und sie nicht das nötige Kleingeld dafür besaßen, gingen sie diesen Deal ein mit dem Versprechen, dass er davon nie etwas erfahren durfte. Ich war der Freund der Familie und dabei blieb es für Theo auch.

Die Verbindungsleute in Russland hatten keine Ahnung, was in Deutschland passierte, da sie mir blind vertrauten. Fünf Jahre lief alles glatt für uns, bis dann Tatjana auftauchte. Sie hatte sich mehrfach gewehrt, wollte sogar dem Zuhälter weglaufen. Es hatte unschöne Szenen gegeben und Tanja brauchte dringend ärztliche Hilfe. Der Bordellbesitzer wollte kein Risiko eingehen und für eine stationäre Behandlung waren Papiere notwendig. Also hatte man Tatjana vorerst zu Müllers zurückgebracht. Die wussten so schnell auch nicht wohin mit ihr. Dummerweise tauchte gerade zu diesem Zeitpunkt Theo auf, der früher als erwartet von einem Botengang zurückkam. Bevor die Müllers noch etwas unternehmen konnten, hatte Theo die weinende Tatjana entdeckt. Also mussten sie zu einer Notlüge greifen, damit das Ganze nicht aufflog.

Später müssen sich die beiden jungen Leute irgendwie weiter getroffen haben. Heimlich. Unglücklicherweise ist Tatjana wohl schwanger geworden, deshalb wurde sie in einer Nacht- und Nebel-Aktion heimlich in einem Transporter zurück über die Grenze geschafft. Sie schrieb Theo einen Abschiedsbrief, der von uns diktiert wurde. Darin teilte sie ihm mit, dass sie ihn nie geliebt hätte und ihn lediglich für ihre Zwecke benutzt habe, um an eine Aufenthaltsgenehmigung und später an einen deutschen Pass zu kommen.. Den Kontaktleuten erzählten wir, dass Tatjana in Deutschland straffällig geworden wäre und sie deshalb in ihr Land zurück musste. Sie nahmen mir diese Lüge ab. Tatjana tauchte unter und konnte, wie wir hofften, nie wieder gefunden werden.

Nach dieser Aktion habe ich den ganzen Handel aufgelöst. Das Pflaster war zu heiß geworden. Nur Theo machte weiterhin Probleme, er erstattete eine Vermisstenanzeige.

Also nahm ich mich der Sache an. Und ziemlich schnell wurden die Ermittlungen nach einigen Monaten eingestellt, wie gesagt, ich hatte genügend Beziehungen. Ich glaube, Theo hat das Drama nie überwunden, er hat nie wieder eine andere Frau gehabt, habe ich gehört. Er muss sie wirklich sehr geliebt haben. Und seinen Eltern trägt er die Geschichte bis heute nach. Genauso wie die beiden ihrem Sohn Verrat vorwerfen, weil er damals die Polizei auf ihre Spur gebracht hat. Die Geschichte hat die Familie entzweit, bis heute kann keine der beiden Seiten verzeihen."

Petra und Massi hatten die ganze Zeit schweigend im Zimmer gesessen und dem Bericht von Pfeifer zugehört. Nun schauten sie sich beide an und fanden keine Worte.

Da kam wieder die Altenpflegeschülerin ins Zimmer. Die Augen des alten Mannes begannen auf der Stelle zu strahlen.

Petra fand als Erste ihre Worte wieder und wandte sich wieder Pfeifer zu:

„Diese Schülerin scheinen Sie ja besonders zu mögen."

„Ja, Jeanette ist etwas ganz Besonderes. Mein Augenstern. Und ich habe bei ihr noch einiges gut zu machen.",

meinte Herr Pfeifer, während er beinahe liebevoll über Jeanette Arm strich. Die Schülerin nickte ihm zu, stellte eine Flasche Wasser auf dem Tisch ab und versprach später, wenn der Besuch weg wäre, wiederzukommen.

Petra fragte nach:

„Was heißt, wieder gut machen? Was hat es mit der Altenpflegeschülerin auf sich?"

„Nun",

antwortete Pfeifer,

„in Russland war es wohl zu der damaligen Zeit kein großes Ding, wenn eine Frau ein uneheliches Kind zur Welt brachte."

Petra sah den alten Herrn verständnislos an. Der hob allerdings eine Hand und bat sie, ihn nicht zu unterbrechen. Das Sprechen fiel ihm zunehmend schwerer.

„Tatjana hatte ja später doch noch geheiratet, aber der Mann ist wohl nicht gerade liebevoll mit ihr umgegangen und auch sie hing offensichtlich viel zu sehr an ihrer alten Liebe Theo. Ihr Mann zog mit ihr und der Tochter, als die Ausreisebestimmungen sich etwas lockerten, ganz offiziell nach Dortmund. Dort trennte sie sich dann aber nach einigen Jahren von ihrem ungeliebten Mann und zog nach Wiesloch. Ihre Tochter, die mittlerweile längst erwachsen geworden ist, hatte sich nach einigen beruflichen Fehlversuchen dazu entschieden Altenpflegerin zu werden. Da sie dies aber berufsbegleitend machen wollte, meldete sie sich bei der F+U in Heidelberg an und bekam eine Lehrstelle in diesem Altenheim. Und ironischerweise bin ich hier ein Bewohner. Da sieht man mal, wie klein die Welt ist. Die Vergangenheit hat mich wieder eingeholt! Jeanette selbst weiß allerdings nicht viel von ihrer eigenen Geschichte. Die Mutter wird ihre guten Gründe haben zu schweigen. Und ich kann meinen Mund halten."

Petra und Massi schwiegen. Das war ein ziemlich harter Tobak, was die beiden in den letzten Stunden erfahren hatten.

Massi schaltete sein Diktiergerät aus und packte es in die Tasche. Dabei schaute er den ehemaligen Staatsanwalt fragend an. Pfeifer registrierte den Blick und sprach die Frage laut aus:

„Und was nun?"

„Das wissen Sie doch selbst am besten",

antwortete Petra.

„Schließlich wissen Sie ja, wie die bürokratischen Mühlen mahlen! Und natürlich wissen Sie nur zu gut, dass Sie in Ihrem Gesundheitszustand niemand mehr zur Verantwortung ziehen wird. Sie scheinen mehr Glück habt zu haben als andere an dieser Geschichte Beteiligte."

Mit diesen Worten verabschiedeten sich die beiden und fuhren schweigend den Weg zurück ins Tal.

14

Als Katharina den Hörer auflegte, stellte sie mit einem Blick zur Uhr fest, dass sie geschlagene zwei Stunden lang mit Jeanette telefoniert hatte, es war jetzt 23.30 Uhr.

Verblüfft schaute sie aufs Telefon, sie konnte es kaum glauben. Als sie am Nachmittag Jeanette aufgesucht hatte, war diese sehr verschlossen gewesen und es hatte kaum ein Gespräch stattgefunden. Doch dann, als sie gerade nach Hause gekommen war, läutete das Telefon und zu ihrem Erstaunen war Jeanette am anderen Ende der Leitung. Sie entschuldigte sich bei Katharina für ihre abweisende Art und erklärte das damit, dass sie von klein auf sehr verschlossen gewesen sei. Die Erziehung durch ihre Mutter habe sie in diesem Punkt stark geprägt.

Schon seit frühester Kindheit habe sie gelernt, ihre innersten Gedanken, Hoffnungen und Ängste für sich zu behalten. Sie erzählte Katharina, wie sie, wie jedes andere Kind auch, ihrer Mutter Fragen zur eigenen Familie gestellt habe. Ihre Mutter sei jedoch immer nur ausgewichen, habe nie viel an Informationen preisgegeben.

Zu dem Wenigen, was sie wisse, gehöre unter anderem auch, dass sie in Irkutsk geboren sei und zusammen mit ihrer Mutter im Kleinkindalter nach Deutschland gekommen sei. Ihr Vater war Deutsch-Russe gewesen, deshalb hatte er die Einreiseerlaubnis für sich und seine Familie bekommen. Ein paar Monate später hatte der Vater jedoch Frau und Kind verlassen, war auf Nimmerwiedersehen verschwunden. Mehr zu erzählen, dazu sei ihre Mutter nie bereit gewesen. Man solle die Vergangenheit ruhen lassen war stets ihre Erklärung.

Ein Vater, nach dem sie sich so sehr gesehnt habe, sei nie in ihrem Leben in Erscheinung getreten. Oft sei sie als Kind durch die Straßen ihrer Heimatstadt gelaufen, habe sich die Passanten angesehen und sich bei einigen, ihr sympathischen Männern, vorgestellt, sie seien ihr Vater.

Herr Müller sei auch von Anfang an ein solcher Mann gewesen, deswegen beschäftigte sie sein Verschwinden auch so sehr, sie fühle sich sehr zu ihm hingezogen. Aus diesem Grund habe sie sich nun doch entschlossen, mit Katharina über Herrn Müller zu sprechen. Katharina, von Jeanettes Vertrauensbeweis regelrecht gerührt, bedankte sich bei ihr.

Beide Frauen unterhielten sich dann noch ausführlich über Herrn Müller und über die bereits bekannten Informationen, die sie über ihn hatten. Bei dieser Gelegenheit erzählte Katharina Jeanette, dass sie Sabrina im Sekretariat mit der Akte von Herrn Müller beobachtet habe. Beide rätselten nun über den Sinn und Zweck von Sabrinas Aktion. War die etwa verknallt in den Dozenten? Stand die tatsächlich auf reife Herren? Katharina hütete sich zuzugeben, dass auch sie gegen eine Affäre nichts einzuwenden gehabt hätte. Jeanette musste ja nicht alles wissen.

Gegen Ende des Telefonats kam Katharina noch einmal auf Jeanettes Mutter zu sprechen. Sie riet Jeanette dazu, ihre Mutter noch einmal auf die Vergangenheit anzusprechen, da dies gutes Recht einer Tochter sei. Jeanette hielt das für eine ausgezeichnete Idee und wollte so bald wie möglich zu ihrer Mutter nach Wiesloch fahren, um mit ihr ein Gespräch zu führen.

Die beiden Frauen hatten sich schließlich herzlich voneinander verabschiedet. Falles es neue Informationen geben sollte, wollten sie miteinander telefonieren. Und in der Schule würden sie sich ja auch wieder treffen.

In dieser Nacht lag Katharine noch lange wach und dachte über Jeanettes Schicksal nach.

15

Unendlich müde, zerschlagen und kaputt kam Theo nach Hause. Im Hausflur musste er erst einmal den Briefkasten leeren, der am Überquellen war. Lauter Reklame, ärgerte er sich und lief in den dritten Stock zu seiner Wohnung. Als er endlich mit seinen zittrigen Fingern die Tür geöffnet hatte, sah er schon, noch im Flur stehend, dass der Anrufbeantworter blinkte. Auch das noch, dachte Theo, wollte er doch so schnell wie möglich Tatjana finden, die Suche nach ihr starten.

Theo nahm sich einen Kuli und einen Block, um gegebenenfalls, die wichtigen Nachrichten gleich zu notieren. Als erstes war die Schulleitung von der F+U in Heidelberg, Frau Lackschuh zu hören.

„Herr Müller, Theo, hier Lackschuh, äh Brigitte, es wäre nett, wenn du deinen AB abgehört hast, sich bei mir zu melden. Wir sind alle in heller Aufregung. Wo steckst du denn bloß?"

Theo stellte fest, dass dieser Anruf schon einige Tage alt war, also der nächste.

„Guten Tag Herr Müller, hier spricht Kommissarin Petra Denzig vom Polizeirevier 15/50 in Heidelberg. Ihre Schulleitung hat Sie bei uns als vermisst gemeldet, da Sie schon seit drei Tagen nicht zur Arbeit erschienen sind. Sollten Sie wider Erwarten diese Nachricht abhören, melden Sie sich bitte sofort bei uns auf dem Polizeirevier."

Müller verstand die Welt nicht mehr, seine Schulleitung, na ja, die feine Art und Weise war es nicht, einfach ohne sich abzumelden oder gar freistellen zu lassen vom Unterricht, abzutauchen. Deshalb aber gleich die Polizei zu verständigen, so ein wichtiger Mensch war er doch auch wieder nicht. Doch so langsam wurde ihm bewusst, was er mit seiner überstürzten Reise angerichtet hatte. allmählich wurde es ihm mulmig in der Magengegend, ganz vorsichtig drückte er auf die Widergabetaste des Anrufbeantworters, als ob er so die nun folgenden Nachrichten entschärfen könnte.

Was er nun aber hörte, verwirrte ihn noch mehr. Ein aufgeregte Stimme, die er zu kennen meinte, doch im Moment nicht zuordnen konnte.

„Herr Müller, wo sind sie denn? Verdammt – Entschuldigung – ich - ich muss dringend mit Ihnen reden, so gehen sie doch endlich ans Telefon. Herr Müller, Herr Müller, wo sind sie? Ich bin's, Katharina aus Ihrer Klasse, Herr Müller."

Aufgelegt.

Müller spielte diese Aufzeichnung dreimal ab, bis er den Wortlaut richtig zusammen bekam und auch die Stimme wirklich Katharina zuordnen konnte. Er überlegte, wie aufgeregt und fast schon ängstlich sie klang. Was in aller Welt war in seiner Abwesenheit hier passiert?

Kopfschüttelnd drückte er auf die Wiedergabetaste, um die nächste Nachricht zu hören.

„Theo, Brigitte Lackschuh von der F+U in Heidelberg. Da du dich bei mir immer noch nicht gemeldet hast, gehe ich davon aus, dass ich deine Stunden in den Klassen umbesetzen muss, denn ein Dozent, der nicht anwesend ist, kann auch seinem Unterricht nicht nachkommen. Bitte melde dich umgehend bei mir im Büro, wenn du gewillt bist, wieder Unterricht zu halten."

Auch dieser Anruf war schon ein paar Tage her, und als Müller auf seine Uhr sah, merkte er erst wie spät es war. Somit hatte es auch keinen Zweck, jetzt noch Brigitte aus dem Bett zu klingeln. Außerdem hatte er keine allzu große Lust, die Standpauke konnte er sich auch noch morgen abholen.

Der nächste Anruf kam wieder von Katharina. Diesmal meldete sich etwas weniger aufgeregt.

„Herr Müller, Katharina hier, bitte melden Sie sich doch endlich, ich muss dringend mit Ihnen reden."

Auch der nächste und der folgende Anruf kamen von Katharina, immer wieder bat sie darum, er möge sich doch melden. Was wollte sie nur? Müller verstand die Welt nicht mehr, und schon gar nicht, was Katharina ihm so Wichtiges mitteilen wollte oder musste.

Endlich ging Theo ins Wohnzimmer und konnte sich setzen, den Kopf voller Gedanken, einerseits mit dem eben Gehörten und andererseits war er mit den Gedanken bei Tatjana. Ganz schwindlig konnte einem dabei werden, jetzt konnte er erst mal gar nichts unternehmen, um diese Uhrzeit schliefen alle. Die ganze Stadt. Auch Müller überfiel die Müdigkeit, nur ein bisschen die Füße hochlegen und noch etwas nachdenken, dann wollte auch er ins Bett. Morgen würde er weitersehen.

4.Tag

16

Ein schriller Klingelton ließ Theo zusammenzucken. War er so schnell eingeschlafen und hatte geträumt? Nein, da war schon wieder dieser schrille Klingelton. Seine Wohnungstür, es war jemand an seiner Tür. Theo schaute auf die Uhr, es war halb vier morgens. Wer mochte das sein? Langsam erhob er sich und schweren, müden Schrittes wankte er zur Tür. Was er dann sah, überraschte ihn sehr. Es war niemand anderes als seine Nachbarin Frau Stroh. In einem alten Bademantel mit zerwühlten Haaren, weit aufgerissenen Augen stand sie vor ihm.

„Wusste ich es doch! Erst war ich mir nicht sicher, aber als ich Licht bei Ihnen sah, musste ich einfach klingeln. Ja, Herr Müller, wie sehen Sie denn aus! Und wo waren Sie denn die ganze Zeit? Wissen Sie denn nicht, dass Sie von der Polizei gesucht werden? Ach Gott, ach Gott, wenn Sie wüssten, was hier alles los war, während Sie weg waren. Aber nun sind Sie ja wieder da und ich kann Ihnen alles genau erzählen."

Frau Stroh atmete wohl durch versteckte Kiemen, Luft zu holen brauchte sie jedenfalls nicht zwischen den Sätzen. Theo sah die Chance auf seine Nachtruhe dahinschwinden, ging in die Küche und setzte einen Kaffee auf. Frau Stroh trippelte mit ihren kurzen Beinen immer hinter ihm her und erzählte und erzählte. Leider hatte sie für Theo keine Neuigkeiten, außer vom Besuch der beiden Polizisten hatte sie rein gar nichts zu erzählen.

17

Gegen Mittag bekam die Kommissarin einen Anruf von Frau Lackschuh. Sie teilte ihr mit, dass Herr Müller wieder aufgetaucht wäre. Er sei am Morgen wie gewohnt zum Unterricht erschienen. Auf die Frage hin, warum er einfach so verschwunden wäre, antwortete er nur, dass es private Gründe gewesen wären, die er nicht preisgeben wolle. Petra war inzwischen wütend geworden und fragte die Schulleiterin, was sich dieser Kerl wohl einbilde, die halbe Polizei in Aufruhr zu bringen, nur weil er ein privates Problem hatte. Sie teilte der Schulleiterin mit, dass sich Herr Müller unverzüglich auf dem Revier melden solle.

Nachdem sie aufgelegt hatte, schlug sie wütend auf ihren Schreibtisch.

„Das wird ja immer schöner. Erst verschwindet der Kerl einfach und dann taucht er so mir nichts, dir nichts wieder auf und tut so als sei dies die normalste Sache der Welt. Na warte, dem werde ich was erzählen, wenn er hier aufkreuzt.",

sagte Petra und schlug ein zweites Mal heftig auf ihren Bürotisch.

Massi zuckte zusammen, solche Ausbrüche war er von seiner Chefin nicht gewohnt.

„Du solltest das von zwei Seiten sehen",

sagte Massi nach einer Weile.

„Wäre dieser Müller nicht einfach so verschwunden, hätten wir nie erfahren, was sich vor 25 Jahren wirklich abgespielt hat. Eigentlich sollten wir ihm dankbar sein, so konnten wir frischen Wind in die lange abgeschriebene Ermittlung bringen. Wer weiß, womöglich können wir noch einen ganzen Ring an Menschenhändlern dingfest machen. Das wäre Grund genug für eine Beförderung. Und Presse würde das auch geben. Und wir wären die Helden."

Petra schaute Massi an und antwortete jetzt mit ruhiger Stimme:

„Jetzt übertreibst du aber. Hast du in letzter Zeit zu viele Kriminalromane gelesen? Trotzdem hast du irgendwie auch wieder Recht, eigentlich sollten wir ihm dankbar sein."

18

Gegen 13 Uhr kam Theo Müller auf das Polizeirevier. Er sah ziemlich fertig aus, und die Tage hatten Spuren in seinem Gesicht hinterlassen. Wie er so dastand, tat er der Kommissarin Leid, er war ein gebeugter Mann mit traurigen Augen.

„Nehmen sie bitte Platz",

sagte Petra.

„Und dann erzählen Sie mir mal bitte, was Sie sich dabei gedacht haben, einfach so zu verschwinden und die Polizei derart in Aufruhr zu bringen!"

„Wenn ich noch groß nachgedacht hätte, würde ich jetzt nicht hier sitzen",

antwortete Müller rätselhaft.

„Seit ich diese eine Schülerin in meinem Unterricht sah, quälte es mich. Alle Erinnerungen kehrten zurück. Ich musste Gewissheit haben. Wissen Sie, Jeanette, so heißt die Schülerin, sah einer ehemaligen Freundin, die ich aus meiner Studentenzeit kannte, unheimlich ähnlich. Sie ist damals einfach so verschwunden und hinterließ mir einen Abschiedsbrief, den ich nie ernst genommen habe. Jegliche Suche nach ihr war aber ergebnislos. Ich wusste nicht einmal, ob sie in Deutschland oder Russland war. Wenn ich Jeanette im Unterricht sah, konnte ich nur noch an Tatjana, das Mädchen, das ich damals liebte, denken. Irgendwann sind dann bei mir die Sicherungen durchgebrannt. Ich wollte mir Gewissheit verschaffen. Deswegen bin ich Hals über Kopf nach Irkutsk gefahren mit der Hoffnung, dass ich sie dort finden könnte. Leider war die Suche umsonst. Aber wozu erzähle ich Ihnen das alles?"

„Diesen langen Weg und die ganzen Umstände hätten Sie sich und uns sparen können.",

antwortete Petra jetzt freundlicher.

„Ihre ehemalige Freundin lebt schon lange nicht mehr dort in Sibirien."

„Woher wissen sie das?",

fragte Müller erstaunt.

„Weil sie mittlerweile ganz in ihrer Nähe wohnt und auch ordnungsgemäß angemeldet ist."

Müller schien aus seiner Lethargie zu erwachen. Er schaute die Kommissarin ungläubig an.

„Und wo soll das sein?",

fragte er irritiert.

„In Wiesloch.",

sagte Petra lächelnd. Jetzt verstand Theo gar nichts mehr. Der Priester in Irkutsk hatte ihm zwar die in Heidelberg abgestempelte Karte gezeigt, aber er hatte nicht zu glauben gewagt, dass Tatjana tatsächlich so nah wohnte. War sie etwa schon lange Zeit in seiner Nähe, ohne dass er etwas geahnt hatte?

„Aber wie kommt sie denn nach Wiesloch und was ist aus ihrer Tochter geworden?",

fragte Müller jetzt verwirrt.

"Das fragen sie die beiden am besten selbst."

Petra, Massi und Julia hatten ganze Arbeit geleistet. Allerdings war es nach dem Gespräch mit dem Staatsanwalt auch kein Kunststück mehr gewesen, Eins und Eins zusammen zu zählen. Sie hatten schnell Tatjanas Aufenthaltsort und den aktuellen Namen ihrer Tochter herausgefunden und dann gab es keinerlei Zweifel mehr. Die Kommissarin gab Müller die Adresse von Tatjana und verabschiedete sich von ihm. Beim Hinausgehen rief sie ihm noch hinterher:

„Und wenn Sie wieder einmal einen Ausflug machen, sagen Sie vorher bei ihrer Arbeitsstelle Bescheid!"

Müller nickte nur abwesend und verließ mit energischen Schritten das Polizeirevier. Er musste Tatjana wiedersehen. Sofort.

Petra schüttelte nur den Kopf und war froh, dass das Ganze für manche ein gutes, wenn auch für andere ein schlechtes Ende zu nehmen schien.

19

Frau Schmidt schien erstaunt, als ihre Tochter Jeanette gegen 15 Uhr an der Tür Sturm klingelte und sich unerwartet selbst zum Kaffee einlud. Auf die Frage, ob denn etwas passiert sei, antwortete Jeanette nur schnippisch, dass sie nun endlich etwas wissen wolle, was sie schon lange beschäftige. Mutter und Tochter betraten die Küche der kleinen, aber gemütlichen Wohnung, da schoss es aus Jeanette hervor, dass sie ein Recht darauf habe, etwas über ihren leiblichen Vater zu erfahren. Frau Schmidt wendete sich ihrer Kaffeemaschine zu, füllte Wasser auf, legte den Kaffeefilter ein und zählte die Löffel mit gemahlenem Kaffee ab. Angespannte Ruhe lag im Raum. Beim Richten des Kaffeegeschirrs und mit Tränen in den Augen meinte Jeanettes Mutter, dass es nun vielleicht wirklich Zeit dazu sei.

Sie erzählte, wie sie im Alter von Anfang 20 zusammen mit ihrer Mutter in einer 22 Quadratmeter großen heruntergekommenen Wohnung einer Plattenbausiedlung am Stadtrand von Irkutsk gelebt hatte. Als Facharbeiterin in einem Metall verarbeitenden Betrieb habe sie damals gerade genug verdient, um sich und ihre gehbehinderte Mutter über Wasser zu halten. An einem ihrer freien Tage lernte sie dann beim Spaziergang im Stadtpark einen adretten Mann kennen. Dieser gab sich bei weiteren Treffen als Unternehmer in der Textilbranche aus und bot ihr einen lukrativen Job und eine Wohnung in Deutschland an. Jung und unerfahren wie sie war, hätte sie damals schnell zugesagt, da sie durch eine Arbeit in Deutschland für sich und ihre Mutter eine bessere Zukunft erhoffte. Reisen wollte sie für ihr Leben gern. Ihre Mutter war wenig begeistert, wollte dem Glück ihrer einzigen Tochter jedoch nicht im Wege stehen.

Zwei Monate später fand sich Tatjana in einem Bordell wieder. Ihre deutsche Bekanntschaft entpuppte sich als Mittelsmann eines Zuhälter, der unter falschen Versprechungen Mädchen aus dem Ostblock nach Deutschland lockte. Nahezu eineinhalb Jahre wurde sie unter Anwendung von Gewalt zur Prostitution gezwungen und durfte das Bordell während dieser Zeit nur selten verlassen. Sie sprach wenig deutsch, hatte kaum Kontakte und wusste nur, dass sie sich irgendwo in Mannheim aufhielt

Unter Tränen beschrieb Jeanettes Mutter die damals unerträgliche Situation. Sie sei mehrmals von ihrem Zuhälter zusammengeschlagen worden, einmal so heftig, dass sie unter falschem Namen für eine Woche zur Behandlung ins Krankenhaus gebracht werden musste. Dort traf sie Theo wieder, den Sohn des Ehepaares, in dessen Schreibwarenladen sie während der ersten zehn Tage nach der Einreise in Deutschland und vor dem Krankenhausaufenthalt untergebracht war. Er hatte sie vor der Krankenhauseinweisung zufällig im Hinterzimmer des Ladens entdeckt und irgendwie hatte sie ihm sofort vertraut.

Theo arbeitete nachts auf der Krankenhausstation als Hilfspfleger. Es war wie ein Wunder, abends stand er plötzlich an ihrem Krankenhausbett. Er war als Nachtwache eingeteilt.

Während ihres Aufenthaltes auf der Station bemühte er sich intensiv um Tatjana und sie genoss die wohltuende Zuneigung ihres Verehrers. Aufrichtige Liebe hatte sie bis dahin noch nicht kennen gelernt. Im Anschluss besuchte er sie regelmäßig unter dem Vorwand, ein Freier zu sein, im Bordell. Wenn es ging, trafen sie sich außerhalb. Sie hatten sich Hals über Kopf ineinander verliebt, auch wenn Tatjanas Illegalität es der jungen Liebe schwer machte.

Jeanettes Mutter begann zu schwärmen und erzählte von der innigen und warmherzigen Beziehung zwischen ihr und ihrem Liebsten. Nie mehr in ihrem weiteren Leben habe sie sich in der Gegenwart eines Mannes so wohl gefühlt. Die gegenseitige überschwängliche Liebe habe dazu geführt, dass man gemeinsame Zukunftspläne geschmiedet habe und ja, unvorsichtig wurde. Im Grunde hatte sich Tatjana aber auch ein Kind von diesem Mann gewünscht.

Wenige Monate später erwartete sie dann ein Kind von ihm. Trotz all der misslichen Umstände war sie sehr glücklich über diese Fügung gewesen. Sie war sich sicher, dass Theo genau wie sie empfinden würde und dass es nun eine Lösung für sie geben würde. Aber dann kam alles anders. Sie hatte nicht einmal mehr Gelegenheit, Theo die Neuigkeit zu überbringen, denn ihre Schwangerschaft wurde entdeckt, während Theo noch im Praktikum in Berlin war. Plötzlich schien sie für ihre Peiniger nutzlos zu sein und man brachte sie, ohne sie darüber zuvor in Kenntnis zu setzen, in einer Nacht-und-Nebel-Aktion zurück nach Russland. Theo konnte von ihr weder benachrichtigt werden, noch wusste sie seinen Nachnamen oder seine Wohnadresse. Bisher war das nie wichtig gewesen. Einen Brief musste sie unterschreiben, dessen Inhalt sie gar nicht verstand. Aber was spielte das schon noch für eine Rolle, alles schien so aussichtslos.

Mit etwa 200 D-Mark in der Tasche und ohne Pass blieb ihr nichts anderes übrig, als in ihre Heimatstadt Irkutsk zurückzukehren. Ihre Mutter, von Verwandten notdürftig versorgt, war inzwischen schwer erkrankt und konnte das Bett nur noch sporadisch verlassen. Sie verstarb wenig später, vier Wochen nach Jeanettes Geburt, an einem plötzlichen Kreislaufversagen.

Jeanettes Mutter arbeitete kurz nach der Geburt ihrer Tochter schon wieder in einem Großlager für Bausstoffprodukte, um die kleine Familie zu ernähren. Nahezu täglich, so erzählte sie, musste sie an Theo, ihre große Liebe in Deutschland und Jeanettes Vater, denken.

Ein Mitarbeiter der Firma, ein Russe mit deutschen Vorfahren, erzählte ihr von seinen Plänen, nach Deutschland übersiedeln zu wollen. Tatjana sah in einer Ehe die einzige Chance wieder nach Deutschland einreisen zu können, dieses Mal offiziell. Den Mann kannte sie kaum, mochte ihn nicht mal besonders. Aber wenn sie etwas Geld beisteuern könnte, würde der sie mitnehmen. Der Verkauf von Schmuck und ein paar weiteren Erbstücken ihrer verstorbenen Mutter reichte für diese Zahlung aus und mit einer schnellen und unspektakulären Heirat erhielt Jeanettes Mutter und auch ihre kleine Tochter ihren neuen Nachnamen: Schmidt.

Wenige Jahre später begann die dreiköpfige Familie eine mehrtägige Zugreise, die schließlich in Dortmund endete. Bei der Einreise erhielt Jeanette auch ihren jetzigen Namen: Aus der kleinen Jelena wurde Jeanette. Sie sollte es in der Schule nicht so schwer haben mit einem ungewöhnlichen Namen.

Das Zusammenleben der Eheleute währte nur einige Jahre, der Angeheiratete trank und ging recht grob mit Frau und Kind um. Tatjana war unglücklich und sehnte sich immer mehr nach Theo, ihrer ersten und einzigen Liebe. Aber sie musste ausharren, bis sie endlich, endlich eine eigene unabhängige Aufenthaltsgenehmigung erhielt. Sobald dies geschehen war, kamen die Eheleute rasch überein, sich zu trennen. Herr Schmidt erklärte, er wolle im Ruhrgebiet bleiben, Frau Schmidt ging zusammen mit ihrer Tochter in den Großraum Mannheim, um nach ihrer großen Liebe suchen.

Der einzige Anhaltspunkt, den sie hatte, war die Krankenhausstation D3 im Städtischen Klinikum Mannheim, in der sie damals Theo wieder traf. Leider konnte sich dort niemand an ihn erinnern und eine offizielle Auskunft wurde ihr verweigert. Aus datenschutzrechtlichen Gründen.

Den kleinen Schreibwarenladen hätte sie vielleicht wiederfinden können, aber dorthin konnte sie nicht. Die Eltern würden alles tun, um eine Beziehung mit Theo zu verhindern.

Ohne Wissen des Nachnamens, der Arbeitsstelle oder des Wohnortes gestaltete sich die weitere Suche außerordentlich schwierig. Jeanettes Mutter teilte unter Tränen mit, dass sie damals in ihrer Verzweiflung immer wieder stundenlang vor diversen Krankenhäusern der Umgebung ausgeharrt habe, um eventuell Theo beim Verlassen oder Betreten des Gebäudes zu erkennen. Trotz umfangreicher Suche sei es ihr aber nicht gelungen, ihre große Liebe ausfindig zu machen.

Die Bekanntschaft zu russischen Aussiedlern verhalf Frau Schmidt zu einer Anstellung als Aushilfspflegerin auf einer geriatrischen Station im Psychiatrischen Zentrum Nordbaden in Wiesloch. Mit der Verbesserung ihrer damals geringen Deutsch-Kenntnisse gelang es ihr im Lauf der Zeit, für sich und Jeanette neue Zukunftsperspektiven zu schaffen. Ihren geliebten Theo habe sie aber leider nie gefunden und für einen anderen Mann habe sie sich in all den Jahren nie interessiert.

Jeanette war durch die Offenbarung ihrer Mutter tief bewegt und konnte auch selbst ihre Tränen nicht mehr unterdrücken. Ohne Worte lagen sich Mutter und Tochter minutenlang weinend in den Armen und fühlten sich miteinander verbunden, wie schon lange nicht mehr.

Jeanette stand vor ihrer Haustür, es bereitet ihr Schwierigkeiten den Schlüssel ins Schloss zu stecken, so sehr zitterten ihre Hände. Nach einiger Zeit gelang es ihr dann doch. Langsam und bedächtig stieg sie die Treppe hinauf, öffnete die Tür und ging geradewegs in die Küche. Sie zog sich einen Stuhl heran und setzte sich. Das waren eine Menge Neuigkeiten auf einen Schlag gewesen.

War Theo Müller etwa ihr Vater! So musste es sein. Es war kein Zufall, dass sie sich von ihm so angezogen gefühlt hatte. Wie erschlagen saß sie auf dem Stuhl, kaum fähig einen klaren Gedanken zu fassen. Es war ihr vollkommen entgangen, dass sie weder die Wohnungstür geschlossen, noch das Licht angeschaltet hatte. Die Geschichte ihrer Mutter erschien ihr dermaßen unglaublich, dass es ihr kaum möglich war, ihre wirren Gedanken zu ordnen.

Ihre Mutter erschien ihr nun in einem völlig anderen Licht. Was hatte sie alles durchmachen müssen! Wie klein waren dagegen ihre eigenen Sorgen und Ängste. Ein Leben lang hatte sie sich einen Vater gewünscht, sich schmerzlich nach ihm verzehrt. Jetzt, da sie diesen Vater endlich gefunden zu haben glaubte, wurde er vermisst. Was hatte das Schicksal mit ihr vor? Wohin sollte ihr Weg führen? Seit zwei Jahren kannte sie ihn, hatte sich stark zu ihm hingezogen gefühlt und war doch so ahnungslos gewesen. Konnte es sein, dass auch er sich zu ihr hingezogen fühlte? Schließlich war sie ja immer seine Lieblingsschülerin gewesen. Die diesbezüglichen, neidischen Kommentare Sabrinas klangen ihr noch in den Ohren. Und auch Katharina war schon immer eifersüchtig.

Wie anders hätte ihr Leben verlaufen können? Ironie des Schicksals. Sie sah sich als winzig kleines Mädchen im kalten Sibirien, die Winter waren wohl sehr eisig gewesen. Sie selbst erinnerte sich nicht. Allein mit der Mutter, vom Vater im Stich gelassen. Dann mit dem Ehemann der Mutter, an den sie sich auch kaum noch erinnerte. Von ihren Gefühlen überwältigt, rannen ihr die Tränen übers Gesicht. Sie weinte. War es nach alldem noch möglich, zu diesem Unbekannten eine Beziehung aufzubauen?

Trotz der kalten und dunklen Wohnung und des Zugwinds durch die immer noch offen stehende Flurtür, fühlte sie sich warm und behaglich bei dem Gedanken an Theo. Doch wo war er? All ihre Hoffnungen schienen wieder einmal in weite Ferne gerückt. Sie durfte sich jetzt nicht entmutigen lassen. Es gab bestimmt für alles eine logische Erklärung. Der Gedanke, den gefundenen Vater schon wieder verloren zu haben, war für sie unerträglich. Sie schob diesen Gedanken energisch beiseite und fühlte, dass es ein Wiedersehen geben würde.

Doch wie würde es sich anfühlen, diesem Unbekannten, der ihr Vater war, gegenüberzustehen? Wie würde er reagieren, wenn er erfahren würde, dass sie, Jeanette, seine Tochter wäre?

Jeanette schaute zum Fenster, Straßenlärm drang herauf. Erstaunt bemerkte sie, dass es draußen heller Morgen war. Konnte es wirklich sein, dass sie die ganze Nacht in ihre Gedanken versunken hier verbracht hatte? Ihr Körper schmerzte. Ja, es musste so gewesen sein. Sie schaute auf die Uhr und stellt mit Erschrecken fest, dass sie schleunigst zur Arbeit musste. Sie hatte nur noch Zeit, um sich kurz etwas kaltes Wasser ins Gesicht zu spritzen, um den Kopf frei zu bekommen. Sie musste los. Hektisch suchte sie ihre Schlüssel. Sie versuchte ihre Gedanken zu ordnen und sich zu erinnern, wo die Schlüssel sein könnten. Ihr Blick fiel dabei auf die offene Wohnungstür, wo der Schlüssel noch im Schloss steckte. Jetzt den Frühdienst überstehen, Herr Pfeifer würde sich wie immer freuen, sie zu sehen. Ein richtig netter alter Mann. Heute Abend war dann wieder Schule, eigentlich war Rechtskunde vorgesehen, aber sicher gab es inzwischen Vertretung für Herrn Müller, Theo Müller. Oder vielleicht war er so plötzlich, wie er verschwunden war, auch inzwischen wieder aufgetaucht?

Oje, wie würde es werden, wenn Jeanette ihm wieder gegenüber treten müsste? Wusste er, wer sie war? Hatte er es vielleicht schon immer gewusst?

4./5.Tag

21

Den ganzen Tag über hatte Theo versucht, Tatjana in Wiesloch anzurufen. Vermutlich hundert Mal hatte er die Nummer gewählt, die er längst auswendig konnte. Nie war Tatjana zu Hause gewesen. Vermutlich arbeitete sie. Um auf den Anrufbeantworter zu sprechen, fehlte ihm der Mut. Nein, er wollte Tatjana sehen, mit ihr sprechen, vielleicht würde sie ihm noch eine zweite Chance einräumen. Gleich heute Abend nach seinem Unterricht würde er zu ihr fahren. Jetzt musste er aber erst in die Schule und dort stand ihm noch das Treffen mit seiner Tochter bevor.

Theo betrat das Schulgebäude und wandte sich gleich in Richtung Fahrstuhl. Seine Gedanken waren abgelenkt, schwirrten pausenlos um so viele Fragen:

Wie viel wusste Jeanette? – Wusste oder ahnte sie, wer er war?

So sehr in seine Gedanken versunken bemerkte er gar nicht, dass zwei seiner Schüler, die ebenfalls den Fahrtuhl benutzen, ihn seit Längerem musterten und sich Blicke zuwarfen.

Und noch bevor er sich um ein Gespräch drücken konnte, begrüßten sie ihn:

„Herr Müller, da sind Sie ja wieder. Wir haben uns wirklich Sorgen um Sie gemacht. Wo waren Sie denn – Es geht uns ja nichts an, aber...“

„Was,“

er schreckte aus seinen Gedanken auf.

„Wie – ach so nein, mir geht es gut“

Es rumpelte, als der Fahrstuhl stehen blieb und etwas hastig entzog Müller sich der Situation, indem er schnell den Fahrstuhl verließ. Er eilte an seinen beiden Schülern vorbei und ging durch die Glastür in den Bereich der F+U, in dem die Klassen- und die Verwaltungsräume der Altenpflegeschule untergebracht waren.

Doch er hatte noch etwas zu erledigen, bevor er in seine Klasse gehen konnte.

Er musste sich noch persönlich bei der Schulleitung zurückmelden, das hatte er bis jetzt versäumt. Heute Morgen ganz zeitig hatte er Brigitte nur eine kurze Nachricht auf das Band gesprochen, gesagt, dass er heute wieder zum geplanten Unterricht erscheinen würde und gehofft, dass sie die Nachricht noch rechtzeitig abhören würde.

Ein kurzer Blick auf den Stundenplan, der am schwarzen Brett vor ihrem Büro hing, zeigte ihm, dass Herr Drohfuß wieder gestrichen war und stattdessen sein Name in roter Schrift hinter den ersten drei Stunden stand. Also hatte Brigitte die Nachricht bekommen.

Brigitte Lackschuh saß an ihrem Schreibtisch, als Theo ihr Büro betrat.

Sie hatte das Klopfen nicht wahrgenommen und sah beim Öffnen der Tür etwas erschrocken auf. Ihre Augen erhellten sich sofort, als sie ihn sah. Mit großer Freude in der Stimme begrüßte sie ihn:

„Theo, da bist du ja wieder. Wo hast du denn gesteckt? Was war denn los mit dir?"

Er zögerte, hatte nicht vor, ihr den wahren Grund seines Verschwindens anzuvertrauen. Zumindest jetzt im Moment konnte er noch nicht darüber reden.

„Du hast uns einen ganz schönen Schrecken eingejagt."

Sichtlich gerührt, jedoch ausweichend murmelte er etwas von häuslichen Schwierigkeiten, Probleme, um die er sich habe kümmern müssen.

„Brauchst du Urlaub Theo? Du siehst mitgenommen aus!"

„Nein Brigitte, es ist alles geregelt. Es wird alles in Ordnung kommen."

Wie konnte er sich da nur so sicher sein? Vielleicht dachte seine Tochter, er hätte sie und vor allem ihre Mutter im Stich gelassen – nicht genug nach ihnen gesucht. Wir sollte er erklären, dass er bis vor kurzem gar nicht wusste, dass es sie gab. Würde sie ihm das überhaupt glauben? Er merkte nicht, wie seine Vorgesetzte ihn durch die entstandene Stille musterte.

Er wusste nicht, was er sagen sollte.

„Was ist mit meinen Schülern? Was wissen die?"

„Die Polizei war mehrfach hier. Das ließ sich nicht vermeiden, du warst ja plötzlich verschwunden und keiner wusste was. Und wie das so ist, es entstehen Gerüchte. Jeder will was wissen und am Ende weiß doch keiner, was los war."

Sie sah ihn sorgenvoll an.

„Ist wirklich alles in Ordnung? Geht es dir gut oder kann ich dir irgendwie helfen? Wirklich Theo, ich helfe dir gern oder wenn du jemanden zum Reden brauchst."

„Nein Brigitte. Aber vielen Dank. Es kommt alles in Ordnung, glaub mir. Ich werde jetzt mal rüber gehen."

Kurz etwas verlegen sah er ihr ins Gesicht, lächelte und ging. Die Tür schloss sich hinter ihm und immer noch voller Sorge sah Brigitte Lackschuh ihm hinterher.

In dem Augenblick, als er die Klasse betrat, bemerkte er die ungewohnte Spannung im Raum. Er hatte immer ein gutes Verhältnis zu seinen Schülern, doch jetzt hätte er am liebsten instinktiv die Flucht ergriffen. Seine Schüler standen in Grüppchen zusammen und schwatzten. Es hatte sich anscheinend schon rumgesprochen, dass er zurück war.

Tuschelten sie über ihn? Sie hatten ja auch allen Grund dazu. Sein Blick suchte Jeanette. Sie saß, als eine der wenigen auf ihrem Platz, mit dem Rücken zu ihm.

Als die ersten ihn bemerkten, trat eine unangenehme Stille an die Stelle des Gemurmels. Alle setzten sich zügig auf ihre Plätze und sahen ihn erwartungsvoll an.

Die zwanzig Augenpaare waren auf ihn gerichtet. Er ging durch die Klasse nach vorne und nahm seinen Platz am Lehrertisch ein, räusperte sich kurz, fühlte sich unwohl und merkte, wie sein Hemd schweißdurchnässt war. Ihm schwirrte der Kopf und seine Augen suchten nach ihrem Blick. Jeanette saß immer noch auf ihrem Platz in der vordersten Reihe, den Kopf gesenkt. Sie bemerkte anscheinend seine Aufregung nicht oder kam es ihm nur so vor, als ob sie ruhig und gelassen war? Wich sie seinem Blick nicht doch eher aus? Täuschte er sich oder sah sie doch bedrückt aus?

„Guten Abend, nun....“

Seine Stimme versagte kurz.

„Ich bin wieder da und entschuldige mich für die Aufregung, die ich verursacht habe. Aber ich hatte etwas Wichtiges zu erledigen.“

Er sah sie kurz an. Immer noch saß sie mit gesenktem Kopf auf ihrem Platz.

...etwas, was sehr wichtig war und keinen Aufschub möglich machte. Aber nun bin ich wieder da...“

Bitte stellt mir keine Fragen – fügte er in Gedanken hinzu und um dem aus dem Weg zu gehen, sprach er schnell weiter:

„...und wir haben genug Zeit verloren, lassen Sie uns da weitermachen, wo wir aufgehört haben.“

Unsicher blätterten die ersten Schüler in ihren Unterlagen. Sie warfen sich Blicke zu und merkten, irgendetwas stimmte hier nicht. Gut, Müller war zwar wieder da, aber trotzdem…

Theo zwang sich zu einem Lächeln und begann betont locker mit seinem Unterricht.

Doch es gelang ihm nicht, sich wirklich zu konzentrieren und das fühlten auch seine Schüler. Aber keiner traute sich etwas zu sagen. Der sonst so souveräne Dozent verhaspelte sich, machte kleine Fehler und schließlich und viel zu früh gab er auf und entließ seine Schüler in eine fünfminütige Zigarettenpause.

23

Er sah Jeanette an. Er musste mit ihr reden. Jetzt auf der Stelle. Wenn er es jetzt nicht tat, würde er nie mehr den Mut dazu haben. Wusste Jeanette überhaupt, wer er war?

Fast alle Schüler verließen den Raum. Jeanette rauchte zum Glück nicht.

„Frau Schmidt, kann ich sie einen Moment sprechen?",

hörte er sich sagen.

Theo stand auf, Jeanette sah ihn an. Sie nickte. Er ging ihr voraus in die kleine Teeküche, die an den Klassenraum angrenzte. Jeanette folgte ihm. Sie standen sich gegenüber.

Er fühlte wie seine Schläfen pochten, wollte sie umarmen, ihr alles erklären, doch gleichzeitig hatte er eine unsagbare Angst, dass alles zerbrechen, alle aufkeimende Hoffnung zunichte gemacht würde. Er suchte nach den Worten, die er sich in der letzten Nacht so oft zurechtgelegt hatte, doch nun war sein Kopf leer. Stattdessen glitt seine Hand in die Hosentasche, er zog das Foto hervor, das Foto, das ihn mehr als zwanzig Jahre als Talisman begleitet hatte. In jeder seiner Wohnungen hatte er es aufgehängt. Erst neulich hatte er es aus dem Rahmen und mit in die Schule genommen, weil er es verblüffend fand, wie sehr seine Schülerin Jeanette der jungen Tatjana ähnelte. Und dann war es ihm aus dem Buch gerutscht und ausgerechnet Katharina hatte es aufgehoben. Die war sowieso immer so neugierig.

Theo betrachtete das Foto kurz und hielt es Jeanette wortlos hin. Sie war so ein ruhiges sensibles Mädchen, dachte er. Wie ähnlich sie ihrer Mutter sah.

Jeanette sah auf das Foto.

„Das ist meine Mutter."

„Ja",

antwortete Theo ruhig und klar,

„und ich bin dein Vater."

„Ich weiß doch",

flüsterte sie leise.

Die Spannung fiel von ihnen ab wie eine schwere Last, doch lag auch eine Spur von Traurigkeit im Raum. Schließlich sah er sie an, lächelte und sie erwiderte sein Lächeln.

Er trat auf sie zu und nahm sie in den Arm. Beide rangen um Fassung, doch die ersten Tränen der Freude rannen ihr schon über die Wangen. Er bemerkte, wie sie zitterte und küsste ihr das Haar.

„Es wird alles gut. Jetzt wird alles gut.",

sagte er leise und wiegte sie in seinem Arm.

Wie lange hatte er sich nach Wärme gesehnt, nach Wärme und dem Glück einer eigenen Familie. Sie umarmten sich stumm und weinten beide still in ihrem wiedergefundenen Glück. Daher bemerkte keiner der beiden, dass sie nicht mehr alleine waren. Voller Neugierde hatten sich einige Schüler vor der kleinen Teeküche versammelt.

Theo bemerkte die fragenden Blicke seiner Schüler als erstes. Er schob Jeanette sanft von sich. Ich bin ihnen eine Erklärung schuldig, dachte er sich.

Jeanette hatte auch nun ihre Mitschüler bemerkt und sah ihre neugierigen Blicke.

Theo sah ihren Blick, lächelte sie ruhig an und streckte spontan die Hand aus, um ihr den verschmierten Mascara von der Wange zu wischen. Verlegen senkte sie den Blick.

Er nahm sie bei der Hand und bahnte sich mit ihr einen Weg durch die kleine Menge in das Klassenzimmer. Schnell löste sich die Ansammlung auf und alle eilten zu ihren Plätzen.

Erwartungsvoll sahen sie nach vorn.

Dort stand Jeanette mit ihrem Vater Hand in Hand.

„Jeanette ist meine Tochter. Ich hatte keine Ahnung dass ich eine Tochter hatte, aber jetzt nach so langer Zeit hab ich sie gefunden."

Er merkte, wie Jeanette seine Hand fester drückte und ihm waren die vielen ungläubigen und fragenden Blicke egal. Jetzt sah er Frau Lackschuh im Türbereich der Klasse stehen. Eine Schülerin musste sie geholt haben, vielleicht war es irgendwie schon sehr befremdlich, seinen Lehrer in enger Umarmung mit einer Mitschülerin zu sehen.

Theo sah Frau Lackschuhs fragendes Gesicht – aber dann lächelte sie.

„Ich würde meinen Unterricht für heute gerne beenden."

Frau Lackschuh nickte:

„Ich denke im Anbetracht der Ereignisse, kann ich das nur befürworten und wünsche Ihnen allen einen schönen Abend – wir sehen uns Donnerstagabend wieder."

Sie nickte Theo lächelnd zu.

„Pack deine Tasche Jeanette – und lass uns zu deiner Mutter fahren"

Sie nickte.

24

Es war schon dunkel.

Der Weg erschien ihm wie eine Ewigkeit.

Schweigend saßen sie nebeneinander, jeder in seinen eigenen Gedanken versunken. Nur Jeanettes kurze Wegbeschreibungen unterbrachen die Stille.

Er konnte es nicht fassen – keine vierzig Kilometer entfernt wohnte Tatjana.

Konnte es sein, dass sie sich all die Jahre so nah waren und sich dennoch niemals über den Weg gelaufen waren? Wut stieg in ihm auf, Wut über sein Schicksal, aber gleichzeitig musste er auch darüber lächeln. Er sah zu seiner Tochter. Wie ähnlich sie ihrer Mutter war.

Theo traute sich nicht zu fragen, ob es jemanden in Tatjanas Leben gab. Es war auch egal.

Er würde sie wiedersehen und das war die Hauptsache.

Die Lichter von Wiesloch tauchten in der Dunkelheit auf. Sie fuhren durch leere Straßen, die von vielen alten Villen gesäumt waren.

„Da vorne, da vorne musst du links."

Jeanette erschrak ein weinig über das vertraute Du. Er sah sich um, blinkte und verlangsamte die Fahrt. *Gothastraße* – las er beim Abbiegen auf dem Straßenschild.

„Fünfzehn",

sagte seine Tochter in diesem Moment.

„Gothastraße 15. Das weiße Haus mit dem roten Vordach."

Sie zeigte auf ein Haus auf der rechten Straßenseite. Es war ein älteres Haus und strahlte bürgerliche Gemütlichkeit aus. Den Wagen parkte er auf der gegenüberliegenden Seite, zögernd lösten beide ihre Sicherheitsgurte.

„Na dann mal los!",

sagte Theo ein wenig zu locker und heiter, aber Jeanette hörte aus seinen Worten Unsicherheit und Angst heraus.

Sie ging voraus bis zur Haustür, schloss diese mit dem eigenen Schlüssel auf. Langsam ging sie die Stufen bis zur Wohnungstür in der ersten Etage hoch, Theo folgte ihr.

Als sie die Wohnungstür ebenfalls mit ihrem Schlüssel aufschließen wollte, hielt Theo ihren Arm fest.

„Warte!"

Jeanette sah ihn an und verstand, dass er nicht so einfach in die Wohnung platzen wollte. Sie trat einen Schritt hinter ihren Vater. Und Theo drückte den Klingelknopf.

25

Tatjana stand in ihrer kleinen Küche. Sie brühte sich einen Tee auf. Wie gut dachte sie – wie gut, dass ich Jeanette endlich alles gesagt habe. Ihre Gedanken waren schon den ganzen Tag bei dem Gespräch, das sie mit ihrer Tochter gestern geführt hatte. Wie glücklich sie war, endlich die Wahrheit gehört zu haben. Tatjana lächelte bei dem Gedanken.

So lange Zeit hatte das Schweigen zwischen ihr und ihrer Tochter gestanden. Sie wollte doch immer nur vermeiden, dass Jeanette genau wie sie Theo suchen würde und dann zerbrach, wenn sie ihn nicht fand. Auch sie hatte so lange Zeit nach ihm gesucht und sich so viele Nächte in den Schlaf geweint, wenn sich Spuren auflösten und die gewachsene Hoffnung zerplatzte. All das wollte sie ihrer Tochter ersparen. Jetzt aber wusste sie, dass das ein Fehler gewesen war. Jeanette hatte ein Recht darauf zu erfahren, wer ihr Vater war.

Gedankenverloren zog sie den Teebeutel aus ihrer Tasse, als ein schriller Ton die Stille durchbrach. Sie erschrak – sah auf die Uhr – dreiviertel neun.

So spät noch Besuch? Wer konnte das sein? Das musste Jeanette sein, wer sollte sie sonst um diese Uhrzeit noch besuchen? Sie eilte zur Tür. Stellte im Vorbeigehen ihre Tasse Tee auf den Schuhschrank. Sie drückte gleichzeitig die Türklinke und den Türöffner.

Aber warum sollte Jeanette klingeln, sie hatte doch einen Schlüssel?

Die Tür sprang auf.

In der kurzen Zeit, bevor sich ihre Blicke trafen, sah Tatjana den Ausdruck in seinem Gesicht, den sie so viele Jahre über in ihrem Gedächtnis hatte: den jungenhaften Charme und den etwas unsicheren, zärtlichen Blick. Seine braunen Augen waren älter geworden, aber sie hatten nichts eingebüßt von der Wärme und Tiefe, in denen sie sich vor so langen Jahren verloren hatte.

Theos Herz blieb stehen, als sich die Tür mit einem Ruck öffnete.

Sie sah schöner aus denn je. Schöner als all die Bilder, die er sich von ihr in den langen einsamen Nächten gemacht hatte.

Ihre Blicke versanken ineinander. Sie hatten sich wiedergefunden.

Als Sabrina aus der Toilettentür getreten war, hatte sie die Stimmen von Jeanette und Theo gehört. Theo, so nannte sie ihn in Gedanken, offiziell war er natürlich ihr Dozent und sie beide per Sie. *Noch jedenfalls. Dinge können sich ja auch ändern.* Mit leisen Schritten hatte sie sich der Teeküche genähert und versucht, den Worten der beiden zu folgen.

Das Gespräch, jedes einzelne Wort, das sie da hörte, traf sie wie ein Messerstich ins Herz.

Was Tochter? Wieso Tochter? Sie verstand gar nichts mehr. Ihre Gedanken krabbelten wie Ameisen in ihrem Kopf herum.

Sie hatte ein paar Minuten gebraucht, um wieder einigermaßen klar denken zu können.

Als Theo und Jeanette merkten, dass sie von der ganzen Klasse beobachtet wurden, schauten sie sich erschrocken an und betraten wieder das Klassenzimmer.

Sabrina schlich ebenso an ihren Platz zurück. Gespannt hing sie an Theos braunen Augen, von denen sie ja schon immer fasziniert und beeindruckt gewesen war. Auch ihr verliebtes Bauchgefühl kam auf der Stelle wieder hoch. Von all diesen widersprüchlichen Eindrücken betäubt, hörte sie Theos Erklärung nur wie von der Ferne.

Immer wieder drang ihr das Wort „Tochter" ins Ohr. Theo war also der Vater von Jeanette, Sabrina hörte ihr Herz bis zum Halse schlagen. Ihre tiefsten Gefühle für ihn kamen in diesem Augenblick an die Oberfläche. Enttäuschung wollte sich breit machen. Aber halt mal:

Wenn er ihr Vater ist, dann könnten meine Träume doch noch wahr werden.

Erschrocken bemerkte sie, das dass Klassenzimmer immer leerer wurde. Theo hatte vorzeitig den Unterricht beendet.

Zügig packte sie ihre Sachen zusammen und ging zum Fahrstuhl.

Im Erdgeschoss angekommen, lief sie schnell zum Parkplatz und stieg in ihr Auto. *Irgendwie muss ich an Theo rankommen. Das ist jetzt meine große Chance.* Sie schaute in den Rückspiegel und bemerkte ihre wirre Frisur. *Ich muss unbedingt zum Frisör.* Sie kramte ihr Handy aus der Tasche und machte gleich einen Termin aus. Gleich für heute. In zwanzig Minuten.

Auf ihrem Nachhauseweg hielt sie noch in Viernheim im Rhein- Neckar-Zentrum und kleidete sich komplett neu ein. Neue Frisur, neues Outfit, sie würde Zeichen setzen. Theo sollte staunen…

Bepackt mit Einkaufstüten stolperte Sabrina regelrecht in die Arme ihrer Mutter, die sie um ein Haar nicht erkannt hätte. Um ein Haar? Die neue Haarfarbe hatte ihre Tochter völlig verändert. Sie wirkte jetzt viel älter und reifer. Die Mutter schaute verwundert an ihr herunter, dann blieb ihr Blick aber endgültig an der Frisur hängen. Sie schüttelte nur mit dem Kopf:

„Töchterchen, wen willst du denn beeindrucken?"

„ Lass uns einen Kaffee trinken, und ich erzähle dir alles."

Mutter und Tochter drängelten sich durch die Menschenmassen des feierabendlichen Einkaufstrubels und nahmen in einem kleinen Café Platz. Sabrina gestand ihrer Mutter die heimliche Liebe zu ihrem Klassenlehrer und erzählte ihr die ganze Geschichte.

„Ach Mädchen," meinte die Mutter, „ich bin ja schon manchen Kummer von dir gewohnt, aber was du dir da wieder in den Kopf gesetzt hast, das geht doch nicht gut.
Überleg doch mal den Altersunterschied. Du könntest doch seine Tochter sein."

Beim Wort „Tochter" zuckte Sabrina unmerklich zusammen, bekam sich aber schnell wieder in den Griff, stoppte ihre Mutter und erwiderte genervt:

„Das ist doch meine Sache, außerdem kann ich ja wohl meine Gefühle nicht einfach ausknipsen."

Ihre Mutter seufzte resigniert. Beim Bezahlen murmelte sie nur:

„Das ist schließlich dein Leben, damit musst du allein zurechtkommen."

Sie verabschiedeten sich.

Wieder zu Hause angekommen, hörte Sabrina wie jeden Tag den Anrufbeantworter ab, immer mit der Hoffnung eine Nachricht von Theo erhalten zu haben. Aber es war doch eher unwahrscheinlich. Er hatte ja weder ihre Nummer, noch bisher irgendein Interesse an ihr gezeigt.

Die eingegangenen Anrufe waren von ihrer nervenden Schwester, die immer nur wegen ihrer eigenen Probleme anklingelte. Sabrina löschte gleich alle Sprüche auf dem AB und stellte dann laut ihrer Stereoanlage an. Sie hüpfte durch das Wohnzimmer, verteilte ihre Kleidung in der ganzen Wohnung und sprang unter die Dusche. Dabei sang sie laut wie ein verliebter Teenie:

„Verdammt ich lieb dich!"

Meisterprüfung
im Handwerk

Vorbereitungslehrgang auf Teil III +
Teil IV der Meisterprüfung
Dauer: 4 Wochen, Beginn: Oktober

F+U Rhein-Main-Neckar gGmbH

Fachschulzentrum
Mittermaierstraße 18, 69115 Heidelberg
Tel. 06221 585040, fuchslocher@fuu.de

www.fuu.de

Altenpfleger/in -
Beruf mit Zukunft!

Staatlich anerkannte Ausbildung in Vollzeit oder berufsbegleitend, zum Teil mit Ausbildungsplatz, schulgeldfrei, Beginn: jeweils im Oktober

F+U Rhein-Main-Neckar gGmbH

Fachschule für Altenpflege
Mittermaierstraße 18, 69115 Heidelberg
Tel. 06221 58504-16, mima_lv@fuu.de

www.heidelbergerfachschulzentrum.de

Jugend- und Heimerziehung

2-jährige staatlich anerkannte Fachschulausbildung
Praxisorientierte Ausbildung, Zusatzqualifikation
in Erlebnispädagogik, gute Perspektiven für den
Berufseinstieg; Beginn: Oktober

F+U Rhein-Main-Neckar gGmbH
Fachschule für Jugend- und Heimerziehung
Mittermaierstraße 18, 69115 Heidelberg
Tel.: 06221 58504-28, mima_lv@fuu.de

www.heidelbergerfachschulzentrum.de

Heilerziehungs-pfleger/in

3-jährige Ausbildung mit Praktikum
Schwerpunkte: pädagogischer, pflegerischer,
kreativer Bereich, Beginn: Oktober

F+U Rhein-Main-Neckar gGmbH
Fachschule für Heilerziehungspflege
Kurfürstenanlage 49, 69115 Heidelberg
Tel.: 06221 33740-0, kufue@fuu.de

www.heidelbergerfachschulzentrum.de

Tagesmutter/ -vater mit Lizenz

5-monatige Weiterbildung in Teilzeit
Inhalte: Anforderungsprofil an die Tagespflegeperson;
Aspekte der Tagespflege; Bildung, Erziehung und Be-
treuung; Kreativität und pädagogische Prozesse, usw.

F+U Rhein-Main-Neckar gGmbH

Akademie für Pflege- und Sozialberufe
Kurfürstenanlage 49, 69115 Heidelberg
Tel. 06221 33740-12, kufue@fuu.de

www.heidelbergerfachschulzentrum.de

Wirtschaftsgymnasium/ Sozialpädagogisches Gymnasium

Qualifizierte und erfahrene Lehrkräfte, individuelle Betreuung, Zusatzunterricht bei schulischen Defiziten, Kultur- und Freizeitaktivitäten...

Dauer: 3 Jahre, Abschluss: Abitur

HEIDELBERGER PRIVATSCHULCENTRUM

F+U Rhein-Main-Neckar gGmbH
Fahrtgasse 7-13, 69117 Heidelberg
Tel. 06221 9120-20, meppiel@fuu.de

www.heidelbergerprivatschulcentrum.de

Realschule und Berufskollegs

Realschule: Klassen 5 bis 9
Berufskollegs: BK zum Erwerb der Fachhochschulreife,
BK Fremdsprachen, kaufmännisches BK I und BK II
Stützunterricht, familiäre Atmosphäre

HEIDELBERGER
PRIVATSCHULCENTRUM

F+U Rhein-Main-Neckar gGmbH
Fahrtgasse 7-13, 69117 Heidelberg
Tel. 06221 9120-20, meppiel@fuu.de

www.heidelbergerprivatschulcentrum.de

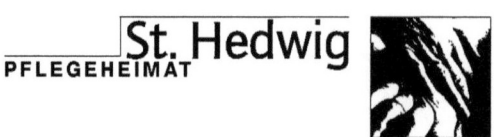

„Man ist da zu Hause, wo man verstanden wird."

Christian Morgenstern

Wir machen das!

ars vivendi - die Kunst zu Leben, ist das bestimmende Motto im Leitbild der jungen avendi Senioren Service GmbH. Getreu der im Firmenleitbild fest verankerten Philosophie "(...) ein sinnenfrohes, anregendes Umfeld zu gestalten, bei dem die Freude am Leben im Vordergrund steht (...)" sind es vor allem die "inneren Werte", auf die es in der Praxis ankommt. Hilfestellung und Alltagsgestaltung durch spürbar vorhandenes Personal und ergänzende therapeutische und beschäftigende Dienste steht bei avendi im Zentrum der Bemühungen um Qualitätsentwicklung - zum Wohle der Bewohner und der Mitarbeiter!

Wenn Sie mehr über avendi und die "etwas anderen" Pflegeeinrichtungen erfahren wollen, besuchen Sie unsere Homepage: www.avendi-senioren.de

avendi

Senioren Service GmbH